高山利弘編

校訂延慶本平家物語（二）

汲古書院

校訂延慶本平家物語 (二) 目次

凡　例

1　本書は大東急記念文庫蔵の延慶本「平家物語」全十二冊を底本として、なるべく読みやすく、かつ本文の原形を残すように翻刻した。

2　異体字は通行の字体に直し、新字体を採用した。㈤ページに異体字一覧を付した。

3　異体字の中で、書写者の書き癖と考えられる字、崩し方によっては正字か誤字か判断がつきかねる字は、通行の字体に改める。

○郷　→　卿　　○三牧甲　→　三枚甲

4　明らかな誤字・脱字・衍字等は訂正し、頭注にその旨を記した。底本自体が本文を訂正している場合は、訂正された本文を採用し、頭注でその旨を記す。

5　底本が本文に傍書、もしくは傍書補入している場合は、頭注に指摘した。

6　底本に設けられている、敬意を示す一字あきはそのまま残した。

7　濁点、句読点、「　」は校訂者が付した。

8　当字はそのまま翻字し、㈥ページに一覧を掲げた。改めた場合は頭注にその旨を断った。

9　底本にある振り仮名は、朱で記されているものも含めて、片仮名で翻刻した。

10　平仮名の振り仮名は、校訂者が加えたものである。底本には稀に平仮名の振り仮名があるが、それらは片仮名に直した上で頭注にその旨を断った。

11　底本は漢文訓読的な表記を多分に残す漢字片仮名交じりであるので、次のような操作を加えて、読みやすくした。

①引用や文書類の掲出など、長文の漢文については本文には返り点を付し、本文のあとに書き下し文（漢字平仮名交じり）を添えた。

②地の文の中にある反読表記については、校訂者が返り点を付し、また難読個所には振り仮名をつけるようにした。

〈例〉　可レ被二禁獄一《きんごくせらるべし》　　豈夫《あにそれ》可レ然哉《しかるべけんや》

③訓点は現在の学校教育に用いられている方式で統一した。

12　底本は、漢文訓読の送り仮名にあたる活用語尾や助詞、漢字の捨て仮名、振り仮名などを他の片仮名と区別して小さな字体で書く場合（いわゆる宣命書きに似た方式）が多い。しかし、その大小の使い分けは、書写上の条件とも関係しているらしく、翻刻に際して原状を完全に再現することは不可能に近い。そこで本書では以下のような原則によって処理した。なお原状を参照する必要のある向きは、影印本によられたい。

①捨て仮名は小字（8ポイント）とする。

②凡例11―②の返り点を付した場合、送り仮名は小字（8ポイント）とする。

〈例〉　近ク尋レ二我朝ヲ一者ば　　不ズレ従シタガハ

右の①②以外の片仮名は振り仮名を除き、すべて10ポイントとした。

13　底本には所々声点と思われる記号があるが、それらは本文の右側に下図のような番号を付し、頭注に表示した。

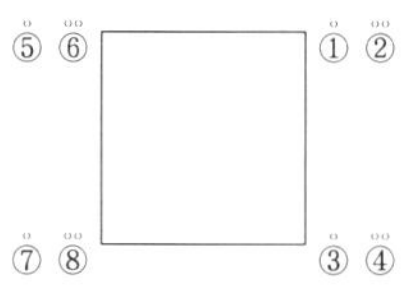

即ち①は文字の右上に点が一つある場合、②は点が二つある場合……ということを示す。

14　和歌・漢詩漢文・歌謡は二字下げに統一した。

15　一章段内での段落分けは校訂者による。

16　底本は各巻の目次に番号と章段名を掲げ、各章段の冒頭にあたる本文の行頭に番号を書き込んでいることが多い。本書は章段の冒頭部分に該当する頭注欄に、ゴチックで、番号と章段名を掲出して、見出しの代りとした。

17　底本は外題には「平家物語二」とあるが内題は「平家物語第一末」とする。本巻では便宜上、「巻二」の表示を用いることがある。

18　頭注は原則として見開き二頁ごとに1、2、3……の番号を付して、左頁の端に掲出したが、その範囲内で章段が変る場合には、章段ごとに掲出することとした。入りきらず次頁にわたる場合がある。

19　「御」「御坐」の訓みについては、「おはします」「おはす」両例が混在しており、本巻では確定できる場合にのみルビを付した。

20　脱落その他により解釈が困難な個所で、他の諸本が参考になる場合は、頭注にその本文を引用した。参照する諸本は以下の通りである。

長門本――『岡山大学本平家物語二十巻』福武書店刊（翻刻）

源平盛衰記――『源平盛衰記慶長古活字版』勉誠社刊（影印）

四部合戦状本――『四部合戦状本平家物語』大安刊（影印）

覚一本――日本古典文学大系『平家物語上』岩波書店刊（翻刻）

21　本書は、延慶本の正しい理解に役立てるために、広範な学問領域からの究明を可能にすべく公刊するものである。大学・大学院の演習や講読、輪読会のテキストなどに活用され、多数の、また多様な分野からの吟味が行なわれることを望んでいる。

22　本巻は、高山利弘が担当した。校正、翻字点検などには栃木孝惟・松尾葦江・谷口耕一・平野さつき・櫻井陽子・久保勇が協力した。

23　出版をお許し頂いた大東急記念文庫に、御礼を申し上げる。

本巻における異体字一覧（通行の字体に改めたもの）

○亞→亜　○悪→悪　○菴→庵　○伃→伊　○叺→以　○違→違　○异→異　○刋→引　○囙→因
○韻→韻　○咽→咽　○隂→陰　○裔→裔　○烟→煙　○苑→苑　○渕→淵　○薗・苆→園　○猒→厭
○奥→奥　○恩→恩　○怨→怨　○穏→穏　○哥→歌　○恠→怪　○骸→骸　○害→害　○隔→隔
○革→革　○呵→呵　○漢→漢　○奸→奸　○舘→館　○弃→棄　○喜→喜　○鬼→鬼　○逆→逆
○朽→朽　○京→京　○胸→胸　○強→強　○恐→恐　○叫→叫　○匡→匡　○棘→棘　○僅→僅
○勤→勤　○瑾→瑾　○区→区　○訓→訓　○形→形　○契→契　○慶→慶　○頸→頸　○携→携
○傾→傾　○决→決　○血→血　○憲→憲　○剣→剣　○鼓→鼓　○互→互　○弘→弘　○功→功
○構→構　○岡→岡　○綱→綱　○興→興　○剛→剛　○荒→荒　○ᄀ→コト　○鎖→鎖　○座→座
○坐→坐　○最→最　○災→災　○歳→歳　○斉→斉　○哉→哉　○殺→殺　○参→参　○算→算
○忄忄→懺悔　○帋→紙　○祇→祇　○史→史　○执→執　○失→失　○メ→シテ　○尺→釈
○弱→弱　○囚→囚　○衆→衆　○愁→愁　○就→就　○獣→獣　○充→充　○夙→夙　○召→召
○昇→昇　○承→承　○職→職　○訊→訊　○枢→枢　○勢→勢　○節→節　○馴→馴　○奨・装→装
○聳→聳　○聟→聟　○瀉→瀉　○籍→籍　○設→設　○船→船　○蘇→蘇　○騒→騒　○漕→漕

○藂→叢　○陁→陀　○荼→茶　○躰→体　○才→第・弟　○酉酉→醍醐　○搦→搦　○脘→脱
○膽→胆　○彈→弾　○壇→壇　○耻→恥　○冑→冑　○帳→張　○趂→超　○珎→珍　○沈→沈
○擲→擲　○涏→庭　○低→低　○刹・刹→剃　○敵→敵　○兎→兎　○等・才→等　○迯→逃
○嶋→島　○洞→洞　○得→得　○突→突　○遁→遁　○南→南　○匂→匂　○熱→熱　○髪→髪
○發→発　○撥→撥　○罸→罰　○臂→臂　○斐→斐　○美→美　○備→備　○畢→畢　○憑→憑
○賔→賓　○濵→浜　○稟→稟　○負→負　○府→府　○符→符　○膚→膚　○冨→富　○阝→部
○凮→風　○文→文　○聞→聞　○瓶→瓶　○閉→閉　○褒・褒→褒　○烽→烽　○蒲→蒲　○皃→貌
○亡→亡　○忘→忘　○菩薩・菩提　○𠆢・夲→本　○凡→凡　○煩悩→煩悩　○广→摩・魔・磨
○慢→慢　○密→密　○弥→弥　○務→務　○冥→冥　○妄→妄　○様→様　○役→役　○嵐→嵐
○留→留　○旅→旅　○料→料　○涼→涼　○涙→涙　○厂→暦　○牢→牢　○麓→麓　○鹿→鹿

本巻に見られる主な当字（改めなかったもの）
○浅猿（浅まし）　○当リ（辺）　○流黄（硫黄）　○厳島（厳島）　○伊与（伊予）　○炎魔（閻魔）
○奥（沖）　○穴倉ナシ（覚束なし）　○加様（斯様）　○感陽宮（咸陽宮）　○鬼海（鬼界）　○議式（儀式）
○義スル（議する）　○潔済（潔斎）　○形部（刑部）　○小馬（駒）　○国粉寺（国分寺）　○薩摩方（薩摩潟）
○佐土（佐渡）　○猿程（さる程）　○塩（潮）　○呪咀（呪詛）　○陵グ（凌ぐ）　○蕭荷（蕭何）
○小将（少将）　○震襟（宸襟）　○振旦（震旦）　○瀬料（芹生）　○大刀（太刀）　○大政（太政）
○大政法皇（太上法皇）　○滴居（謫居）　○談議（談義）　○朝庭（朝廷）　○転反（転変）　○幡磨（播磨）

○繁唱（繁盛）　○褒氏（褒姒）　○目出シ（目出度し）　○本鳥（髻）　○物ノ武（武士）　○欄干（蘭干）
○霊堀（霊窟）　○日景（日影）　○兵杖（兵仗）　○堀ル（掘る）　○恋暮（恋慕）　○烈ス（列す）

平家物語　二

1　底本は虫損。

平家物語第一末

一　天台座主明雲僧正被止公請事

五月五日、天台座主明雲僧正公請《くじやう》ヲ止《とどめ》ラル。蔵人ヲ遣シテ、如意輪ノ御本尊ヲ召返シ、御持僧《ごぢそう》ヲ改易セラル。即《すなはち》庁ノ使ヲ付テ、今度神輿ヲ捧《ささげ》奉テ陣頭へ参タル大衆ノ張本《ちやうぼん》ヲ被レ召《めさる》。加賀国ニ座主ノ御坊領アリ。師高是《これ》ヲ停廃《ちやうはい》之間、其《その》宿意ニ依テ、門徒ノ大衆ヲ語《かたらひ》テ訴訟ヲ出ス。已ニ朝家ノ御大事ニ及之由《およぶよし》、西光法師父子讒奏之間、法皇大《おほき》ニ逆鱗アテ、殊ニ重科《ぢうくわ》ニ可レ行之由《おこなはるべきよし》思召《おぼしめし》ケリ。明雲ハ、カヤウニ法皇ノ御気色アシカリケレバ、印鎰《いんヤク》ヲ返シ奉リテ、座主ヲ辞《じし》申サレケリ。

二　七宮天台座主ニ補給事

[1] 十一日、七宮、天台座主ニナラセ給《たまふ》。鳥羽院《とばのゐんの》第七宮、故青蓮院《しやうれんゐんの》大僧正行

玄ノ御弟子也。

三　明雲僧正流罪ニ定ル事

[1]十二日、先《さきの》座主、所職ヲ被レ止《とどめらるる》之上《うへ》、検非違使二人付テ水火ノ責ニ及《およぶ》。此《この》事ニヨリテ、大衆又奏状ヲ捧テ憤《いきどほり》申ス。猶可二参洛一之由聞《さんらくすべきよしきこえ》ケレバ、内裏并《ならび》ニ法住寺殿ニ軍兵ヲ被ル二召集一メ。京中ノ貴賤騒《さわぎ》アヘリ。大臣、公卿、馳《はせ》参ル。廿日、前《さきの》座主、罪科《ざいくわの》事僉議《せんぎ》有ベシトテ、大政大臣以下《いげ》、公卿十三人参内シテ陣座《ぢんのざに》着テ被二定申一《さだめまうさる》。八条中納言長方卿、其《その》時ハ右大弁宰相ニテオワシケルガ被レ申ケルハ、「法家ノ勘《かんがへ》申ニ任テ、死罪一等ヲ減ジテ可レ被二遠流一《べしとをんるせらる》云《いへ》ドモ、明雲僧正ハ顕密兼学シテ浄行持律也。戒珠光《かいしゆひか》[2]リ明《あきらかに》シテ耀《かかや》二キ一天之下一ニ、定水《ぢやうすい》流レ深シテ、澄二メリ四海之上一ニ。三密之教法、究レテ源ヲ、遙ニ扇二ギ恵果法全之古風一ヲ、五瓶之智水、払レテ底ヲ、遠ク汲二ム不空無畏之清流一ヲ。智恵高貴ニシテ、一山之為二貫首《くわんじゆたり》一。徳行無双《とくぎやうぶさう》ニシテ、三千之為二和尚《くわしやうたり》一。其《その》上、明王聖主ニハ一

1　この章段には、章の始めとなる「二」という数字は記されていない。

乗法花ノ師範タリ。大政法皇ニハ円頓受戒ノ和尚タリ。御経御戒ノ師、重科ニ被《おこなはるる》レ行事、冥《みやう》ノ照覧難《はかりがたし》レ測。還俗遠流ノ儀ヲ宥《いう》セラレバ、天下泰平ノ基《もとゐ》タルベキカ」ト無二憚所《はばかるところなく》一被レ申ケレバ、大政大臣師長公ヨリ始《はじめ》テ、十三人《じふさんにんの》公卿各《おのおの》、「長方定メ被レ申《まうさるる》儀ニ同ズ」ト被レ申ケレドモ、法皇ノ御[3]欝《いきどほ》リ深カリケレバ、猶《なほ》流罪ニ定《さだまり》ニケリ。大政入道モ此《この》事申止《まうしとどめむ》トテ被レ参タリケレドモ、「御風ノ気」ト被レ仰《おほせられ》テ御前ヘモ被レ召ザリケレバ、憤リ深シテ被レ出《いでられ》ニケリ。

[1]廿一日、前《さきの》座主明雲僧正ヲバ、僧ノ流罪セラル、例トテ、度縁《どえん》ヲ被二召返一テ、大納言大夫藤井松枝ト云《いふ》俗名ヲ付テ、伊豆国ヘ可レ被レ流之由被二宣下《せんげせらる》一。皆人傾《かたぶきまうし》申ケレドモ、西光法師ガ無実《むしつ》[2]ノ讒奏ニヨリテ、カク被レ行ケリ。其《その》時イカナル者カ読タリケン、札ニ書テ立《たて》タリケリ。

[3]松枝《まつがえ》ハミナサカモギニ切ハテ、山ニハザスニスベキモノナシ

1 この章段には、章の始めとなる「三」という数字は記されていない。
2 以下、訓読文を示す。「戒珠光《ひかり》明らかにして一天の下に耀《かかや》き、定水流れ深くして、四海の上に澄めり。三密の教法、源を究めて、遙かに恵果法全の古風を扇ぎ、五瓶の智水、底を払ひて、遠く不空無畏の清流を汲む。」
3 欝イキトホル（類聚名義抄）

四　明雲僧正伊豆国へ被流事

1 この章段には、章の始めとなる「四」という数字は記されていない。
2 ムシツ Muxit（日葡辞書）
3 長門本「松えたはみなさかむきになりはてゝ山にはさすにする物そなき」とあるが、ここは「まつがえ」と読むべきだろう。

五　山門ノ大衆座主ヲ奉取返事

[1]衆徒是《これ》ヲ聞テ、西光法師父子ガ名字ヲ書ツヽ、根本中堂ニ御坐《おはしま》ス十二神ノ寅神ニ当リ給ヘル、金毘羅大将ノ御足ノ下ニフマセ奉テ、「十二神将七千夜叉、時尅ヲ廻《めぐら》サズ、西光、師高父子ガ一魂ヲ召取給ヘ」ト呪咀《しゆそ》[2]シケルコソ、聞《きく》モ怖シケレ。「今夜都ヲ出シ奉《たてまつれ》」ト院宣キビシクテ、追立《おつたて》ノ検非違使、白川ノ御坊ニ参テ其《その》由ヲ申ケレバ、廿三日、白川御坊ヲ出サセ給テ、伊豆国ノ配所ヘ趣キ給フ御有様コソ悲ケレ。

昨日マデハ三千人ノ貫首ト仰ガレテ、四方輿《しはうごし》ニコソ乗給ツルニ、アヤシゲナル伝馬《てんま》ニ結鞍《ゆひぐら》ト云《いふ》物ヲ置テ乗セ奉ル。イツクシゲナル御手ニ皆水精ノ御念珠ヲ持給ヘルヲ、縄手綱《なはたづな》ニ取具《とりぐし》テ、前輪ニウツブシ入テ、見馴給シ御弟子一人モ不二付奉一、門徒ノ大衆モ見送リ奉ラズ、官人共ノ先ニ追立ラレテ、関ヨリ東ニ趣給フ御心ノ内、中有《ちうう》ノ旅トゾ思食《おぼしめし》ケル。夢ニ夢ミル心地シテ、流ルヽ涙ニ御

1　この章段には、章の始めとなる「五」という数字は記されていない。
2　シュソ Xuso（日葡辞書）
3　晩クレ（類聚名義抄）
4　「国分寺」の当字
5　以下、澄憲作文集によって構成したと思われる漢文体なので、訓読文を掲げた。
「抑我山は仏日照臨の地、法水交流の砌なり。所以に旧学の高才踝を継ぎて、天台三観の月を翫び、後進の翔楚、林妙を為して、四教権実の玉を瑩く。月氏の雲幽にして、鷲嶺の視聴を西天の昔に隔つと雖も、日域光朗《あきら》かにして、全く鷲王の大法を東漸の今に

目クレ、行先モ見ヘ給ハズ。是ヲ奉レ見上下ノ諸人、涙ヲ流《ながさ》ヌハナカリケリ。

日モ既ニ晩《くれ》[3]ニケレバ、粟田口ノ辺、一切経ノ別所ト云《いふ》所ニシバシヤスラヒ給フ。夜ヲ待《まち》アカシテ、次《つぎの》日ノ午時《むまのとき》バカリニ、粟津ノ国粉寺《こくぶんじ》[4]ノ堂ニ立入テ、シバラクヤスミ給フ。依レ之《これによつて》、満山ノ大衆一人モ残《のこりとど》留マラズ、東坂本ヘ下《くだり》ツヽ、十禅師ノ御前ニ集会《しゆゑ》シテ僉議シケルハ、「抑《そもそも》[5]我山《わがやま》者《は》仏日《ぶつにち》照臨之地、法水《ほふすい》交流之砌《みぎり》也。所以《ゆゑ》ニ旧学之高才《かうさい》[6]継テレ踝《くびす》ヲ、翫《もてあそ》ビ二天台三観之月ヲ一、後進之翔楚《しやうそ》[7]、為《なし》テ二林妙《りんめう》ヲ一、瑩《みが》ク二四教権実之玉ヲ一。月氏《ぐわつし》雲《のく》モ幽《かすか》ニシテ、雖《いへど》モレ隔《へだ》ト二鷲嶺之視聴《してい》[8]ヲ於西天之昔ニ一、日域光《じちゐきひか》リ朗《あきらか》[9]ニシテ、全ク得リ二鷲《が》王之大法於東漸之今ニ一。霊山ノ八万、替テレ質《かたち》[10]ヲ象《のつ》[11]トリ二三千余人之学徒ニ一、地誦《ちじゆう》ノ十界、弊《やつし》[12]レ体《すがた》[13]ヲ捧グ二東西楞厳《れうごん》之文巻ヲ一。仏日和《やはらげ》テレ光ヲ、弘メ二四明ノ峯ニ於一乗之法ヲ一、覚月同《かくげつおなじく》シテレ塵ニ、調《ととの》フ二台嶺ノ麓ニ於八相之機ヲ一。誠ニ日域無二之霊山、天下無双之勝地也。又座主和尚ト者《は》究テ二仏教之奥旨ヲ一、昇リ二高位之崇斑ニ一、仰《あふがれ》テ二一山之貫主ト一、為《た》リ二三千之棟梁ニ一。両界三部ハ万練之鏡、大日遍照之秘法ニ無レ陰《くも》[14]リ、一乗五律ハ深淵之水、仏衆法海之勝文ニ

得たり。霊山の八万、質を替へて三千余人の学徒に象り、地誦の十界、体を弊し、東西楞厳の文巻を捧ぐ。仏日光を和げて、四明の峯に一乗の法を弘め、覚月塵に同して、台嶺の麓に八相の機を調ふ。誠に日域無二の霊山、天下無双の勝地なり。又座主の和尚とは、仏教の奥旨を究めて、高位の崇斑に昇り、一山の貫首と仰がれて、三千の棟梁たり。両界三部は万練の鏡、大日遍照の秘法に陰無く、一乗五律は深淵の水、仏衆法海の勝文に波静かなり。威風遠く扇ぎて梢を靡かし、慈雲厚く覆ひて満山潤を受く。止観の窓に臂を朽して、多年南岳天台の源を尋ね、瑜珈の壇に心を澄まして、数歳龍智龍猛の流れを汲む。」

6 「高」に声点①、「才」に声点⑦
7 「翔」に声点⑦、「楚」に声点⑦
8 視聴シテイ（黒川本色葉字類抄）
9 朗アキラカナリ（類聚名義抄）
10 質カタチ（類聚名義抄）
11 象ノトル（類聚名義抄）
12 弊ヤツル（米沢本倭玉篇）
13 体スガタ（類聚名義抄）
14 陰クモル（類聚名義抄）

波静也。威風遠ク扇《あふぎ》テ、靡《なびか》シレ梢ヲ、慈雲厚ク覆テ満山受レ潤《うるほひ》ヲ。朽《クタシ》テ二止観ノ窓ニ於臂一ヲ、多年尋ネ二南岳天台之源一ヲ、澄テ二瑜珈ノ壇ニ於心一ヲ、数歳汲ム二龍智龍猛之流一ヲ。云《いひ》二貫首一ト、云二山上一ト、誰カ是ヲ軽シメム。就[1]《なかんづくに》レ中、伝教、慈覚、智証三代之御事ハ申《まうす》ニ不レ及、義真和尚ヨリ以来《このかた》五十五代、未ダレ聞カ二天台座主流罪ノ之例一ヲ。末代ト云《いへ》ドモ争《いかで》カ我山《わがやま》ニ疵ヲバ付《つく》ベキ。所《せんずるところ》レ詮三千ノ大衆、身ヲ我山ノ貫首ニ代ヘ奉リ、命ヲバ伊王山王ニ進《まゐ》ラス。粟津ヘ罷向《まかりむかひ》テ貫首ヲ可《べし》レ奉ル二取リ留メ一。但シ追立《おつたて》ノ官人、領送使アムナレバ、取得奉ム事難シ。山王大師ノ御力ヨリ外《ほか》、憑《たのむ》方ナシ。事故《ことゆゑ》ナク取得奉ルベクハ、只今験《しる》シ見セ給ヘ」ト、三千人ノ衆徒一同ニ肝胆ヲ摧《くだき》テ祈念ス。

良久《ややひさし》クアリテ、一人ノ物付《ものつき》狂出テ暫ク狂ヒ躍ル。五体ヨリ汗ヲ流シテ中ケルハ、「世ハ末ナレドモ日月未ダズ二地ニ落一。国ハ賤ケレドモ霊神光ヲ耀《かかやか》ス。爰ニ貫首明雲ハ、我山ノ法燈、三千ノ依怙《えこ》タリ。而《しかる》ヲ罪ナクシテ他国ニ遷《うつさ》レム事、一山ノ瑕瑾、生々世々ニ心憂カルベシ。サラムニ取テハ、我此《われこの》山ノ麓ニ跡ヲ留テモナニカハセム。本土ヘコソ帰ラムズラメ」トテ、袖ヲ貌《かほ》ニヲシアテ、、サメ〴〵ト泣ケレバ、大衆是ヲ怪《あやしみ》テ、「実ニ山王ノ御託[2]宣ナラバ、我等ガ念珠ヲ献《たてまつ》[3]リタラムヲ、少《すこし》モ違ヘズ本《もと》ノ主々《ぬしぬし》ヘ返《かへし》給《たまはる》ベシ」トテ、衆徒等念珠ヲ同時ニ宝前ヘ投タリケレバ、物付是《ものつきこれ》ヲ悉ク拾《ひろひあつめ》集テ、本ノ主々ヘ一々ニ賦《くば》[4]リ渡シテケリ。誠ニ我山ノ七社権現ノ霊験ノ新《あらた》ニオワシマス忝《かたじ》ケナサニ、大衆涙ヲ流ツヽ、「サラバトウ〳〵迎ヘ奉レヤ」トテ、或ハ眇々《べうべう》タル志賀、唐崎ノ浜路ニ小馬ニ鞭打《うつ》衆徒モアリ。或ハ漫々タル山田、矢馳《やばせ》ノ湖上ニ舟ニ棹《さをさ》ス大衆モアリ。東坂本ヨリ粟津ヘツヾキテ、国分寺ノ堂ニオワシマシケル座主ヲ取留《とりとどめ》奉リケレバ、キビシゲナリツル追立ノ官人モミヘズ、領送使モイヅチカ行ヌラム、失《うせ》ニケリ。座主ハ大ニ怖《おそれ》給テ、『勅勘ノ者ハ月日ノ光ニダニモアタラズ』トコソ申セ。時剋ヲ廻《めぐら》サズ追下サルベキ由、宣下セラル、ニ、暫《しばし》モヤスラフベカラズ。衆徒トク〳〵返上《かへりのぼり》給ヘ」トテ、ハシ近ク居出テ宣ケルハ、「三台槐門《くわいもん》ノ家ヲ出テ、四明荊棘《けいきよく》ノ窓ニ入シヨリ以来《このかた》、広ク円宗ノ教法ヲ学シテ、

1　就中ナカムツクニ（類聚名義抄）
2　「託宣」の当字
3　献タテマツル（類聚名義抄）
4　賦クハル（類聚名義抄）

只我山ノ興隆ヲノミ思《おもひ》、国家ヲ祈奉ル事モ踈《おろそか》[1]ナラズ。門徒ヲ省《はぐく》[2]ム志モ深カリキ。身ニ誤ツ事ナシ。両所三聖定《さだめ》テ照覧シ給ラム。無実ノ讒奏ニヨリテ遠流ノ重科ヲ蒙ル。是《これ》先世ノ宿業ニテコソハ有ラメト思ヘバ、世ヲモ人ヲモ神ヲモ仏ヲモ、更ニ恨奉ル事ナシ。是マデ訪来《とぶらひきた》リ給ヘル衆徒ノ芳心コソ申尽シガタケレ」トテ涙ニ咽《むせび》給フ。香染ノ御袖モ絞ル計《ばかり》也。是ヲ見奉テ、ソコバクノ大衆モ皆涙ヲ流ス。

ヤガテ御輿ヨセテ乗《のせ》奉ラムトシケレバ、「昔コソ三千人ノ貫首タリシカドモ、今ハカヽルサマニナリタレバ、争《いかで》カ無《なき》二止事《やむごと》一修学者、智恵深キ大徳達ニハカ、ゲサ、ゲラレテ、我山ヘハ帰リ可レ登ル。藁履《わらうづ》ナムド云《いふ》物ハキテ、同《おなじ》サマニ歩《あゆみ》ツヾキテコソ上リ候ハメ」トテ乗リ給ハザリケレバ、カヽル乱逆《らんげき》ノ中ナレドモ、万《よろ》ヅ物哀《あはれ》ナリケルニ、西塔ノ西谷ニ戒浄房阿闍梨祐慶トテ、三塔ニ聞ヘタル悪僧有ケリ。三枚甲《かぶと》[3]ヲ居頸《ゐくび》ニキナシ、黒革威ノ大荒目ノ草摺長ナルニ、三尺五寸ノ大擲刀《おほなぎなた》ノ茅葉《ちのは》ノ如《ごとく》ナルヲツキ、「大衆ノ御中ニ申候ワム」トテ、サシコヘ〳〵分行テ、座主ノ御前ニ参リテ、甲ヲ抜《ぬぎ》[4]テ藪ノ方ヘガハト[5]投入ケレバ、下部《しもべ》ノ法師原取テケリ。擲刀脇ニ挟[6]ミ、膝ヲカヾメテ申ケルハ、「加様《かやう》ニ御心弱ク渡《わたら》セ給《たまふ》ニヨリテ、一山ニ疵ヲモ付《つけ》サセ給《たまひ》、心憂《うき》目ヲモ御覧ゼラレ候ゾカシ。貫首ハ三千人ノ衆徒ニ代テ流罪ノ宣旨ヲ蒙《かうぶり》給ニ、三千人ノ衆徒者《は》、貫首ニ代リ奉リテ、命ヲ失《うしなふ》トモ何ノ愁《うれひ》カアラム。トク〳〵御輿ニ奉リ候ベシ」ト申テ、座主ノ御手ヲムズト取テ、御輿ニカキノセ奉リケレバ、座主ワナ、ク〳〵乗給ヌ。

ヤガテ祐慶、輿ノ先陣ヲカク。後陣ハ若キ大衆、行人《ぎやうにん》ナムドカキ奉ル。粟津ヨリ鳥ノ飛《とぶ》ガ如クシテ登山スルニ、祐慶阿闍梨ハ一度モカワラザリケリ。擲刀ノ柄《え》モ輿ノ長柄モクダク計《ばかり》ゾ見ヘタリケル。後陣コラヘズシテ各《おのおの》代リケリ。サシモサガシ[7]キ東坂ヲ、平地ヲ歩《あゆむ》ニコトナラズ、大講堂ノ庭ニ舁《かき》スヘ奉ル。粟津ヘ下ラヌ、行歩《ぎやうぶ》ニ叶ワヌ老僧共ハ、「此《この》事何様《いかやう》ニ可レ有ゾヤ。日来《ひごろ》ハ一山ノ貫首ト仰《あふぎ》奉リツレドモ、今ハ勅勘ヲ蒙給テ、被二遠流《をんるせらるる》一人ヲ横取ニ取留《とりとどむ》

1 踈オロソカナリ（類聚名義抄）
2 省ハク、ム（類聚名義抄）
3 底本「牧」を改めた。
4 「脱」の当字
5 ガハト Gafato（日葡辞書）
6 底本「狭」を改めた。
7 サガシイ Sagaxij（日葡辞書）

ル事、始終イカヾ有ベカルラム」ナムド義[1]スル輩モアリケレバ、祐慶少《すこし》モ憚ラズ、扇開《ひらき》仕《つかひ》テ、胸ヲシアケ、胸板キラメカシテ申ケルハ、「吾山者《わがやまは》、是《これ》日本無双《ぶさう》之霊地、鎮護国家之道場也。山王ノ御威光弥《いよいよ》盛《さかん》ニシテ、仏法王法牛角《ごかく》也。衆徒ノ意趣モ余山《よのやま》ニ越《こえ》、賤キ小法師原ニ至ルマデ、世以《もつ》テ猶軽《かろ》シメズ。何況《いかにいはむや》明雲僧正ハ、智恵高貴ニシテ一山ノ和尚《くわしやう》タリ。徳行無双ニシテ三千ノ貫首タリ。而《しかる》ヲ今罪ナクシテ罪ヲ蒙リ給事、是併《これしかしながら》山上洛中ノ欝《いきどほり》、興福園城《をんじやう》之嘲《あざけり》歟《か》。悲哉《かなしきかな》、此《この》時ニ当《あたり》テ、顕密ノ主ヲ失テ、止観ノ窓ノ前ニハ蛍雪ノ勤廃《つとめすた》レ、三密ノ壇ノ上ニ護摩ノ煙絶《たえ》[2]事、心憂《うき》事ニ非《あらず》ヤ。誠ニ中途ニシテ留《とどめ》奉ル違勅ノ罪科難《がたく》ハレ遁《のがれ》、所詮《しよせん》、祐慶今度三塔ノ張本《ちやうぼん》ニ被《れ》差テ、被《きんごくるざいせ》禁獄流罪《られ》、被《られん》首ヲ刎《はね》事、全ク痛存《いたみぞんず》ベカラズ。且《かつ》ハ今生ノ面目、冥途ノ思出タルベシ」ト高声ニ詈《ののしり》テ、双眼ヨリ涙ヲ流ケレバ、満山ノ衆徒是ヲ聞テ、老《おい》タルモ若《わかき》モ皆衣ノ袖ヲ絞リツヽ、「尤々《もつとも》」ト一同ス。ヤガテ座主ヲ舁奉リテ、東塔ノ南谷妙光坊ヘ入奉ル。其《それ》ヨリ祐慶ヲバ異名《いみやう》ニハイカメ房ト名《なづけ》[3]タリ。其ノ弟子恵海

1　「議」の当字
2　長門本「たえん」
3　名ナツク（類聚名義抄）

律師ヲバ小イカメ、其《その》弟子暹慶《テキケイ》、備前注記ヲバ孫イカメト申ケルトカヤ。

時ノ横災ハ、権化ノ人モ遁レザリケルニヤ、大唐ノ一行阿闍梨ハ、玄宗皇帝ノ時、無実《むしつ》ノ疑《うたがひ》ニヨリテ、罪ヲ蒙ル事有ケリ。其《その》故ハ、玄宗ノ后ニ陽[1]貴妃ト云人オワシキ。元ヨリ仙女ナリケレバ、蓬莱宮へ帰《かへり》給《たまふ》ベキ期《とき》[2]モ近クナリニケリ。御妹《せうと》ノ楊国忠ヲ召テ宣ケルハ、「生[3]レテ二仏前仏後之中間一ニ、漏レ二釈[4]尊慈氏之葩荊一ニ、沈テ二行住坐臥之妄念一ニ、結ブ二生死流転之業因一ヲ。三界処《ところ》広ケレドモ、皆是《これ》有為無常之境《さかひ》、四生形《かたち》多《おほけ》レドモ、又是《これ》生者必滅之類《たぐひ》ナリ。依レ之、十力無畏之尊、任セ二寂滅於双林之嵐一ニ、六天浄妙之楽、悲シム二退没《たいもつ》於五衰之露一ニ。会者定離之理《ことわり》リ、見ヘ二東岱之煙一ニ、老少不定之習、聞ユ二南門之風一ニ。帝ニ可レ奉レ別期ノ近付タルヤラム、此《この》程ハ胸騒《むなさわぎ》打《うち》シテ、ハカナキ夢ノミ見ヘテ、常ニ心ノスムゾトヨ」ト宣ケレバ、「南浮《なんぶ》不定之棲《スマイ》、奉リレ憑《たのみ》二諸尊妙体一ヲ、息災延

1　「楊」の当字
2　期トキ（類聚名義抄）
3　以下、訓読文を示す。「仏前仏後の中間に生まれて、釈尊慈氏の葩荊に漏れ、行住坐臥の妄念に沈みて、生死流転の業因を結ぶ。三界処広けれども、皆是有為無常の境、四生形多けれども、又是生者必滅の類なり。之に依て、十力無畏の尊、寂滅を双林の嵐に任せ、六天浄妙の楽、退没を五衰の露に悲しむ。会者定離の理、東岱の煙に見え、老少不定の習、南門の風に聞こゆ。」
4　底本「尺」。「釈」の略体。

寿之基《もと》キ、無シレ如《しく》ハ二菩薩浄戒一ニ。彼《かの》一行者《は》、戒珠ヲ瑩《みがき》テ光ヲ増シ、尸羅《しら》ヲ織テ色鮮《あざやか》ナリ。彼ヲ召請《めししやう》ジテ、三摩耶戒ヲ受サセ給ベシ」ト申ケレバ、一行ヲ召テ道場ヲ餝《かざ》ル。所レ捧《ささぐる》者《は》、山野四季之花、備テ二仏前一ニ色鮮《あざやか》ナリ。所レ供《そなふる》者《は》、草木百菓之香、薫テ二道場一ニ匂芳《かんば》シ。然《しかれ》ドモ、帝ノ御ユルサレナカラムニハ、輙《たやす》ク戒ヲ難《がたき》二授奉一旨ヲ申サル。其《その》時貴妃ノ宣ク、「和尚ハ菩薩ノ行ヲ立テ、一切衆生ヲ導給ナルニ、何ゾ我身一人ニ限テ、戒ヲ授ケ給《たまは》ザルベキヤ」ト恨給ケレバ、サラバトテ、七日七夜、菩薩浄戒ヲ授奉ラル。

其比《そのころ》、安禄山ト云ケル大臣、奸心ヲ挿《さしはさみ》[1]テ、楊国忠ヲ失テ、国ノ務《まつりごと》[2]ヲ執《とら》バヤト思《おもふ》心深《ふかく》シテ、次《つい》デヲ求ケル折節、此《この》事ヲ漏聞テ、密《ひそか》ニ皇帝ニ申ケルハ、「后《きさき》既ニ帝ニ二心《ふたごころ》オワシマシテ、楊国忠ニ御心ヲ合《あはせ》テ、一行ニ近付《ちかづき》給事アムナリ。君打解給《うちとけたまふ》ベカラズ」ト。帝是《これ》ヲ聞召《きこしめし》テ、「貴妃我ニ志浅カラズ。一行又貴僧也。何故ニカ只今猿《さる》事アルベキ」ト思給ケレドモ、実否《じつぷ》ヲ知給《たまは》ムガ為ニ、陽貴妃ノ真ノ体《すがた》ヲ少《すこし》モ違ヘズ画ニ書テ献《たてまつ》ルベキ由ヲ、一行ニ仰《おほせ》ラル。一行、大唐一ノ二セ絵ノ上手ニテオワシケレバ、カヽル謀《はかりことあり》有トモ知給ハズ、筆ヲ尽シテ貴妃ノ形《すがた》ヲ移[3]シテ進《まゐら》セラルヽ、程ニ、イカヾシタリケム、筆ヲ取ハヅシテ、貴妃ノ臍《ホゾ》ノ程ニ当リテ墨ヲ付テケリ。貴妃ノ膚《はだへ》ニハ黒子《ははくそ》[4]ト云《いふ》物ノアリケルトカヤ。「書ナヲサバヤ」トハ被レ思ケレドモ、帝、「ヲソシ」ト責給ケレバ、献ヌ。帝此《これ》ヲ見給テ、「安禄山ハ実《まこと》ヲ云ケリ。一行、貴妃ニ近付ズハ、争《いかで》カ膚ナル黒子ヲバ知ベキ」トテ、即《すなはち》一行ヲ火羅国ト云《いふ》国ヘ流サル。

件《くだんの》国ハ古キ王宮ナリケレバ、彼《かの》国ヘ下ル道三アリ。一ノ道ヲバ林池道ト云《いふ》。此《この》道ハ御幸《ごかうの》路也。一ノ道ヲバ遊池道ト名《なづ》ク。貴賤上下ヲ嫌ハズ行通フ道也。今一ノ道ヲバ闇穴道ト名タリ。犯科《ぼんくわ》ノ者出《いで》キヌレバ、流遣《ながしつかは》ス路也。此道ハ下ニ水湛々《たんたん》トシテ際ゾ[5]ナク、上ニハ日月星宿ノ光モミヘ給ハズ。七日七夜、空ヲミズシテ行《ゆく》道ナリケレバ、冥々《めいめい》トシテ天闇《くら》ク、行歩《ぎやうぶ》ニ前途ノ路ミヘズ。深々トシテ人モナク、函谷《カンこく》ノ鶏《トリ》ノ一声モナク、サコソハ心細ク悲ク思給ケメ。思遣《やら》レテ哀也。一行、無実《むしつ》ニヨリテ遠流之罪ヲ被《かうぶ》ル事ヲ、天道憐《あはれみ》給テ、九[6]曜ノ形ヲ

1 捽サシハサム（類聚名義抄）
2 務マツリコト（類聚名義抄）
3 底本「写」の当字
4 黒子ハハクソ（黒川本色葉字類抄）
5 底本「ヲ」。誤写と見て改める。長門本「も」とする。
6 「九」「曜」ともに声点⑤

現ジテ守給フ。一行随喜ノ余《あまり》ニ、右ノ指ヲクヒキリテ、左ノ三衣《さんえ》ノ袂ニ九曜ノ形ヲ写留《とど》メ給ニケリ。火羅ノ図トテ、吾朝マデモ世ニ流布スル九曜ノ曼荼羅ト申《まうす》ハ即《すなはち》是《これ》也。

一行阿闍梨ト申ハ、龍猛菩薩ヨリハ六代、龍智アザリヨリハ五代、金剛智三蔵ヨリハ四代、不空三蔵ヨリハ三代、善無畏三蔵ノ御弟子也。「斬キルレ人ヲ刃ハ自《より》レ口出デ、斬ルレ之ヲ。殺スレ人ヲ種ハ自レ身出デ、蒔《う》フレ之ヲ」[1]ト云《いふ》本文ニ違ハズ。

大衆、前座主《さきの》ヲ奉二取留一之由、法皇聞召テ、イトヾ安カラズ被二思召一ケル上ニ、西光入道内々申ケルハ、「昔ヨリ山門ノ大衆、猥《みだりがはし》キ訴訟仕ル事ハ、今ニ始メネドモ、未ダ是程ノ狼籍承《うけたまはり》及バズ。今度ユルニ御沙汰有《あら》バ、世ハ世ニテモ有ベカラズ。能々《よくよく》御誡《いましめ》有ベシ」トゾ申ケル。身ノ只今ニ滅《めつ》[2]セムズル事ヲモ顧ミズ、山王ノ神慮ニモ不レ憚、加様《かやう》ニノミ申テ、イトヾ震襟ヲ悩シ奉ル、浅猿《あさましき》事ナリケリ。「讒臣ハ乱リレ国ヲ、妬婦ハ破ルトレ家ヲ」ミヘタリ。「叢蘭[3]欲レ茂《しげから》ムト、秋風敗ルレ之ヲ。王者欲ドモレ明《あきらかならん》ト、讒臣蔽《カクス》レ之ヲ」トモ云ヘリ。

誠哉《まことなるかな》。此《この》事ヲ武家ニ被レ仰ケレドモ、ス丶マザリケレバ、新大納言以下《いげ》ノ近習ノ輩、武士ヲ集テ山ヲ責ラルベキ由《よし》沙汰アリケリ。物ニモ覚ヘヌ若キ人々、北面ノ下臈ナムドハ興アル事ニ思テ、イサミアヘリ。少《すこし》モ物ノ心ヲモ弁《わきまへ》タル人ハ、「只今大事出来ナムズ。コハ心憂態哉《うきわざ》」ト歎アヘリ。又内々大衆ヲモ誘《こしら》ヘ、仰《おほせ》ノ有ケレバ、院宣ノ度々下《くだる》モ、カタジケナケレバ、王土ニハラマレナガラ、[4]詔命《ジヤウめい》ヲ[5]対捍《たいかん》セムモ恐《おそれ》有ケレバ、思返靡《おもひかへしなびき》奉ル衆徒モ有ケリ。座主ハ妙光坊ニ御座ケルガ、大衆二心有《ふたごころあり》ト聞給ヌレバ、「何ト成《なり》ナムズル身ヤラム」トゾ思食《おぼしめさ》レケル。

七　多田蔵人行綱仲言ノ事

成親卿ハ、山門ノ騒動ニ依テ、私ノ宿意ヲバ押《おさへ》ラレケリ。ソモ内議支度ハサマ〴〵ナリケレドモ、[1]議勢計《ばかり》ニテ、其《その》事可レ叶《かなふべし》トモミヘザリケリ。其中ニ多田蔵人行綱、サシモ契深《ふかく》タノマレタリケルガ、「此《この》事無益《むやく》ナリ」ト思《おもふ》心付《つき》ニ

1　蒔ウフ（類聚名義抄）
2　長門本「ほろひんする」。底本「滅セ」は「滅ヒ」の誤写の可能性もあるか。
3　貞観政要の「杜讒佞」を踏まえる。「叢蘭茂らむと欲すれども、秋風之を敗る。王者明らかならむと欲すれども、讒臣之を蔽す」
4　「詔」に声点④
5　「捍」、底本「押」を改める。長門本「たいかん」

七　多田蔵人行綱仲言ノ事
1　「擬」の当字

ケリ。サテ弓袋《ゆぶくろ》ノ料ニ、新大納言ヨリ得タリケル五十端ノ布共、直垂小袴ニ裁縫《たちぬひ》テ、家子《いへのこ》、郎等ニキセツヽ、目打《うち》シバタ、キテ居タリケルガ、思ケルハ、「倩《つらつ》ラ平家ノ繁唱スル有様ヲ見《みる》ニ、当時輙《たやす》ク難レシ傾ケ。大納言ノ語《かたら》ハレタル兵イク程ナシ。無レ由《よしなき》コトニ与力シテケリ。若此《もしこの》事漏ヌル物ナラバ、誅セラレム事無レ疑。甲斐ナキ命コソ大切ナレ。他人ノ口ヨリ漏レヌ先ニ、返[1]中《かへりちう》シテ、命生《いき》ナム」ト思テ、五月廿九日夜打深《うちふけ》テ、大政入道ノ許ヘ行向テ、「行綱コソ可レ申事アテ参テ候ヘ」ト申ケレバ、「常ニモ参《まゐら》ヌ者ノ、只今夜中ニ来タルコソ心得ネ。何事ゾ、聞《きけ》」トテ、平権守盛遠ガ子、主馬判官盛国ヲ出サレタリ。「人ヅテニ可レ申事ニ非ズ。直《ぢき》ニ見参ニ入《いり》テ申ベシ」ト申ケレバ、入道、右馬頭重衡相具《あひぐし》テ、中門《ちうもんの》廊ニ出合テ、入道宣ケルハ、「六月《みなづき》無礼トテ紐トカセ給ヘ。入道モ白衣《びやくえ》ニ候」トテ、白帷《しろかたびら》ニ白《しろき》大口フミク、ミテ、スヾシノ小袖打カケテ、左ノ手ニ打刀ヒサゲテ、蒲打輪仕《がまうちはつか》ハル。「此《この》夜ハマウニフケヌラム。イカニ、何事ニオワシタルニカ」。行綱近々ト指寄《さしより》テ、小音《こごゑ》ニナリテサ、ヤキ申ケルハ、「イト忍テ可レ申《まうすべき》事候

テ、昼ハ人目ノツヽマシサニ、態《わざ》ト夜ニマギレテ参テ候。院中ノ人々、兵具ヲ
ト、ノヘ、軍兵ヲ召集ラル、事ヲバ知食《しろしめさ》レテ候ヤラム」ト申ケレバ、「イサ、ソ
レハ山ノ大衆ヲ可レ被レ責《せめらるべし》トコソ承レ」ト、イト事モナゲニ宣ケレバ、「其《その》儀ニテ
ハ候ハズ」トテ、日来月来《ひごろつきごろ》、新大納言ヲ始《はじめ》トシテ、俊寛ガ鹿谷ノ山庄ニテ、ヨ
リアヒ〱、内議支度シケル事、「其《そ》レハトコソ申候シカ、カクコソ申候シカ」
ト、人ノ吉《よき》事ニ云タルヲバ我《わが》申タリシト云《いひ》、我悪口《あつこう》シタリシヲバ人ノ申タルニ語リ
ナシ、五十端ノ布ノ事ヲバ一端モ云出サズ、有ノマヽニハ指過《さしすぎ》テ、ヤウ〱サ
マ〲ノ事共取付《とりつけ》テ、細《くはし》[2]ク申ケレバ、入道大ニ驚テ宣ケルハ、「保元、平治
ヨリ以来《このかた》、君ノ御為ニ命ヲ捨ル事、既ニ度々也。人々イカニ申《まうす》トモ、キミ君
ニテ渡ラセ給ハヾ、争《いかで》カ入道ヲバ子々孫々マデモ捨サセ給ベキ。乍レ恐《おそれながら》君モ
クヤシクコソ渡ラセ給ハムズラメ。抑《そもそも》此《この》事ハ院ハ一定《いちぢやう》被二知食《しろしめされ》一タルカ」ト
宣ケレバ、「子細ニヤ及《および》候。大納言ノ軍兵被レ催《もよほされ》候シモ、院宣トテコソ催サレ
候シカ」。其外《そのほか》モ様々ノ事共云《いひ》チラシテ、「暇《いとま》申テ」トテ帰《かへり》ニケリ。入道大

1 「返忠」の当字
2 細クハシ（類聚名義抄）

1　長門本「行綱、さしもやはとこそ思つるに、たしかの証人にや立られんずらん。あなおそろしとて」

八　**大政入道軍兵被催集事**

1　この章段には、章の始めとなる「八」という数字は記されていない。

2　底本第15丁ウ左下および第16丁オ右下の欄外に「神」の注記がある。底本の第15丁の料紙には接いだ痕跡が見えることから、第15丁の正しい料紙の位置を示すための目印と思われる。

九　**大政入道院御所へ使ヲ進ル事**

声ニテ侍共ヲヨビテ、詈《ののし》リシカラレケル気色、門外マデ聞ヘケレバ、行綱[1]、慥《たしか》ナル証人ニモゾ立《たつ》トテ、「穴怖《あな》シ」トテ、野ニ火ヲ付《つけ》タル心地シテ、人モヲハヌニ取袴ヲシテ忩《いそ》ギ馳《はせ》帰リヌ。

[1]入道、貞能ヲ召テ、「謀叛ノ者共ノ有ナルゾ。侍共キト召集《めしあつめ》ヨ。一家ノ人々ニモ各《おのおの》フレ申セ」ト宣ケレバ、面々ニ使ヲハシラカシテ、此由《この》ヲ申《まうす》ニ、凡《およ》ソイヅレモ〳〵騒アヒテ、我《われ》先ニト馳集ル。右大将宗盛、三位中将知盛、右馬頭重衡ヲ始トシテ、人々、侍、郎等、各《おのおの》甲冑ヲヨロヒ、弓箭ヲ帯シテ馳《はせ》ツドフ。其《その》勢雲霞ノ如シ。夜中ニ五千余騎ニナリニケリ。[2]

六月一日、未《いまだ》ホノグラキ程ニ、入道ノ[1]、検非違使安倍ノ資成ヲ召テ、「院《ゐんの》御所ヘ参テ、大膳大夫信業ヲ呼出テ申サム様ハヨナ、『近習ニ候《さうらふ》者共ノ恣《ほしいまま》ニ朝恩ニ誇ル余《あまり》ニ、世ヲ乱ラムト仕ル由承《うけたまはり》候ヘバ、尋《たづね》沙汰仕ルベシ』ト申セ」トテ進《まゐ》ラスル。資成忩《いそ》ギ院ノ御所ヘ参テ、信業ヲ呼出シテ此《この》由ヲ申ケレバ、信業色ヲ失テ、御前ニ参ジテ奏聞シケレドモ、分明《ふんみやう》[2]ノ御返事ナカリケリ。「此事コソエ御心得ナケレ。コハ何事ゾ」ト計《ばかり》仰《おほせ》アリ。資成忩ギ馳帰テ、此由ヲ申ケレバ、入道、「ヨモ御返事アラジ。何《な》ニトカハ仰《おほせ》有ベキ。ハヤ君モ知セ給タリケリ。行綱ハ実《まこと》ヲ云ケリ」トテ、イカラレケリ。

十　新大納言召取事

其後《そののち》、雑色ヲ以テ、「新大納言ノ許ニ行テ、『可レ奉二申合一《まうしあはせたてまつるべき》事アリ。忩渡《いそぎわたら》セ給ヘ』ト申ベシ」ト宣ケレバ、使《つかひ》走付テ、此様《このやう》ヲ申ス。大納言、「哀レ是ハ例ノ山ノ大衆ノ事ヲ、院ヘ申サムズルニヤ。此事ハユヽシク御憤《いきどほり》深ゲナリ。叶フマジキ物ヲ」ナド思テ、我《わが》身ノ上トハ露《つゆ》知リ給ハデ、忩被レ出《いそぎいでられ》ケルコソ

1　長門本「入道の内のけんひいし」
2　フンミャゥ Funmiŏ（日葡辞書）

ハカナケレ。八葉《はちえふ》ノ車ノ鮮《あざやか》ナルニ、前駈《さきバシリ》[1]三人、侍三四人召具シテ、上キヨゲナル布衣タヲヤカニキナシテ、雑色、牛飼ニ至ルマデ、常ノ出仕ヨリハ少シ引ツクロヒタル体《てい》ニテゾ被レ出ケル。其《それ》モ最後ノアリキトハ、後ニコソ思合セ給ケメト哀也。

入道ノヲワスル西八条近クヤリヨセテ、其《その》程ヲ見給ヘバ、四五丁ニ軍兵充満セリ。「穴《あな》ヲビタ、シ。何《いか》ナル事ゾ」ト胸打騒《うちさわ》ギテ、車ヨリ下リ給タレバ、門ノ内ニモ、兵ノ所モナク立コミテ、只今事ノ出タル体《てい》也。中門ノトニ怖シゲナル者二人立向テ、大納言ノ左右ノ手ヲ取テ、引張リテ、ウツブサマニ投臥《なげふせ》テ、「可二警《イマシメ》[2]奉一カ」ト申《まうす》。入道殿、「昨日マデハ院ノ御所、私所ニテモ肩ヲ比《なら》[3]ベシ卿相也。今コソ敵《かたき》トハナラムカラニ」ト、イカレル心ニモカハユクヤ思《おもは》レケム、「シカラズトモ」トテ、ツト入給ヌ。

其《その》後、兵《つはもの》ノ十余人来《きたり》テ、前後左右ニ立カコミ、天《そら》[4]ニモ上《あげ》ズ地ニモツケズ、中《ちう》ニ引ク、テ上ヘ引ノボセ奉リ、一間《ひとま》ナル所ニヲシコメツ。大納言、夢ノ心地シテ、アキレテ物モ宣ハズ。是《これ》ヲ見テ、共ニ有ツル諸大夫、侍モ、雑色、牛飼童モ、牛、車ヲ捨テ四方ヘ逃失ヌ。大納言ハ、六月ノサシモ熱[5]キ比《ころほひ》、一間ナル所ニコメラレテ、装束モクツロゲズオハシケレバ、アツサタヘガタシ。涙モ汗モアラソヒテゾ流《ながれ》ケル。「我日来《わがひごろ》ノアラマシ事ノ聞ヘニケルニコソ。何《いか》ナル者ノ漏《もら》シツラム。北面ノ輩ノ中ニゾ有ラム。小松大臣ハ見ヘ給ハヌヤラム。サリトモ思《おもひ》放《はなち》給ハジ物ヲ」ト被レ思ケレドモ、誰シテ宣ベシトモナケレバ、涙ヲコボシ、汗ヲ流シテゾオハシケル。

1 サキバシリ Saquibaxiri（日葡辞書）
2 警イマシム（類聚名義抄）
3 比ナラブ（類聚名義抄）
4 天ソラ（伊呂波字類抄）
5 底本「契」。「㶳（＝熱）」の誤写と見て改める。

十一　西光法師搦取事

其《その》後、入道、筑後守家貞、飛騨守景家ヲ召テ、「謀叛ノ輩ノ其《その》数アリ。北面《ほくめんの》者共一人モ漏サズ搦取《からめとる》ベキ」由下知《げぢ》シ給ケレバ、或ハ一二百騎、或ハ二三百騎、押寄《おしよせ》々々皆搦取テ、警《イマシ》メ置《おき》ケリ。其《その》中ニ左衛門入道西光、根本与力ノ者ナリケレバ、「構《かまへ》テ搦逃スナ」トテ、松浦太郎重俊ガ奉《うけたまはり》[1]ニテ、方便ヲ付

1 奉ウケタマハリ（類聚名義抄）

テ伺ケル程ニ、院《ゐんの》御所ニテ人々ノ事ニ合ケル事共聞テ、人ノ上トモ覚ヘズ、「浅猿《あさまし》」ト思テ、アカラサマニ私ノ宿所ニ出テ、即《すなはち》又御所ヘ参ケルニ、物具《もののぐ》シタル武士七八人計《ばかり》先ニ立タリ。後ノ方ニモ十余人有ト見テ、此《こ》ノ世ノ習ナレバ、武士ニハ目モ見カケズ、足バヤニ歩《あゆみ》ケルヲ、先ニ待懸《まちかけ》タル武士、「八条入道殿ヨリ、『キト立寄給ヘ。忩《いそ》ギ可二申合《まうしあはすべき》一事アリ』ト被レ仰《おほせられ》候」ト云ケレバ、西光少シ赤面シテ、ニガ咲《わらひ》テ、「公事《くじ》ニ付テ申ベキ事候。ヤガテ参リ候ベシ」ト云テ、歩ミ過ントスルニ、後ニキツル武士、「ヤハ、入道程ノ者ノ何事ヲカハ君ニ可レ申《まうすべき》。世ノ大事引出《ひきいだし》テ、我モ人モ煩《わづらひ》アリ。物ナイハセソ」トテ、打フセテ縄付《つけ》テ、武士十余人ガ中ニ追立テ行テ、八条ニテ、「カク」ト申入タリケレバ、門ヨリ内ヘモ入ラレズ、即《すなはち》重俊ガ奉《うけたまはり》ニテ、事ノ発《おこり》[1]ヲ尋ラレケレバ、初ハ大《おほき》ニアラガヒ申テ、我身ニアヤマラヌ由ヲ陳ジケレバ、入道大ニ腹ヲ立テ、乱形[2]ニカケテ打《うち》セタメテ問ケレバ、有事無事《あることなきこと》落ニケリ。白状カヽセテ判セサセテ、入道ニ奉ル。入道是ヲ見給テ、「西光取テ参レ」ト宣ケレバ、重俊ガ家子郎等、空ニモ付ズ、地ニモ付ズ、中《ちう》ニサゲテ参《まゐり》タリ。ヤガテ面道ノマガキノ前ニ引スヘタリ。

入道ハ、長絹ノ直垂ニ、黒糸威《をどし》ノ腹巻ニ、金《こがね》作《づくり》ノ大刀、カモメ尻ニハキナシテ、上[3]ウラナシフミチギリテ、スノコノ辺ニタヽレタリ。其《その》気《け》色《しき》益《やく》ナゲニゾミヘラレケル。サテ西光ヲニラマヘテ、宣ケルハ、「イカニ己《おのれ》程ノヤツハ、入道ヲバ傾ケムトハスルゾ。元ヨリ下臈ノ過分シツルハ、カヽルゾトヨ。アレ程ノ奴原ヲ召上テ、ナサルマジキ官職ヲナシタビテ、召仕ハセ給《たまふ》之間《あひだ》、ヲヤコ共ニ過分ノ振舞スル者哉トミシニ合セテ、罪モオハセヌ天台座主讒《ざん》シ奉テ、遠流ニ申行《まうしおこなひ》テ、天下ノ大事引出《ひきいだ》シテ、剰《あまつさ》ヘ此《この》事ニ根元与力ノ者ト聞置タリ。其《その》子細具《つぶさ》ニ申セ」ト宣ケレバ、西光元ヨリサルゲノ者ナリケレバ、少《すこし》モ色モ変ゼス、ワルビレタル気色モナクテ、アザ咲《わらひ》テ、「イデ後言《うしろごと》セム」トテ申ケルハ、「院中ニ被二召仕一《めしつかはるる》身ニテ候ヘバ、執事別当新大納言殿ノ、院宣トテ被レ催《もよほされ》候シ事ニ、与《くみ》セズトハ争《いかで》カ申候ベキ。与シテ候キ。但《ただし》耳ニ止《とどま》ル御詞ヲモツ

1 発オコル（類聚名義抄）
2 長門本「乱形にかけて、うちせたけて問けれは」、盛衰記「拷木ニ懸テ打セタメ」
3 長門本「尻きれはきて」

カハセ給《たまふ》者哉。他人ノ前ハシラズ、西光ガ前ニテハ過分ノ御詞ヲバ、エコソツカハセ給マジケレ。見ザリシ事カ。[1]殿ハ故形部卿殿ノ嫡子ニテ渡ラセ給シカドモ、十四五歳マデハ叙爵ヲダニモシ給ハズ、冠ヲダニモ給《たまは》ラセ給ハデ、継母ノ池ノ尼公ノアハレミテ、藤中納言家成卿ノ許ヘ時々申《まうし》ヨリ給シ時ハ、『アハ六波羅ノフカスミノ高平太ノ通ルハ』トコソ、京童部《きやうわらんべ》ハ指ヲ指《さ》シテ申シカ。其《その》後、故卿殿、海賊張本《かいぞくのちやうぼん》卅余人搦《から》メ出《いだ》サレタリシ勲功ノ賞ニ、去《いん》ジ保延ノ比《ころ》カトヨ、御年十七カ八カノ程ニテ、四位シテ、四位ノ兵衛佐ニ成給タリシヲコソ、『ユヽシキ事哉』ト、世以テ傾《かたぶ》キ申シカ。同《おなじ》王孫ト云ナガラ、数代久《すだいひさしく》成下テ、殿上ノ交リヲダニモ嫌《きらは》レテ、闇打《やみうち》ニセラレムトシ給シ人ノ子ニテ、今忝《かたじけなく》モ即闕《そくけつ》ノ官ヲ奪取リテ、大政大臣ニ成上リテ、剰《あまつさ》ヘ天下ヲ我《わが》マヽニ思給ヘリ。是《これ》ヲコソ過分トハ申ベケレ。侍品《さぶらひほん》ノ者ノ受領、検非違使、靭負尉《ゆげひのじよう》[2]ニナル事ハ傍例ナキニ非ズ。ナニカハ過分ナルベキ。入道コソ過分ヨ〳〵」ト、居長高《ゐたけだか》ニナリテ、詞モタバワズ散々ニ申ケレバ、入道余《あまり》ニ怒テ物モ宣ハズ。暫《しばらく》アリテ、「西光メ左右《さう》ナク首切《きる》ナ。能々《よくよく》サヒナメ」ト宣ケレバ、重俊ガ郎等ツトヨリテ、フトキシモトヲ以テ、七十五度ノ考訊《がうジン》[3]ヲ加《くはへ》タリ。西光、心ハ武《たけ》カリケレドモ、本《もと》ヨリ問損[4]セラレタル上、枳身《シもと》[5]ニシミテ術《すべ》ナカリケレバ、残《のこり》ナク落ニケリ。白状四五枚[6]ニ被レ記《しるされ》タリ。

良久《ややひさしく》アリテ、内ノ方ヨリ人ノ足音高ラカニシテ来ケレバ、大納言ハ、「只今失ワレナムズルヤラム」ト肝心《きもこころ》ヲケシテ居ラレタリケルニ、入道、大納言ノオハシケル後ノ障子ヲ、アラヽカニサツトアケラレタリ。素[7]絹ノ衣ノ短《みじか》ラカナルニ、白《しろき》大口フミクヽミテ、聖柄《ひじりつか》ノ刀ヲヲシクツロゲテ、大ニ怒レルケシキニテ、大納言ヲニラマ[8]ヘテ宣ケルハ、「ヤ、大納言殿、一年《ひととせ》、平治ノ逆乱《げきらん》之時、信頼、義朝等ニ御同心アテ、朝敵トナリ給タリシ時、越後中将トテ島摺ノ直垂、小袴キテ、折烏帽子引立《ひきたて》テ、六波羅ノ馬屋ノ前ニ引スヘラレテオワセシカバ、罪ニ定《さだまり》テ、既ニ被レ誅《ちゆうせられ》給ベキニテオハセシヲ、内府トカクシテ中宥《なだめ》タリシカバ、『七代マデノ守《まもり》ノ神トナラム』ト手ヲ合《あはせ》テ、泣々宣シ事ハ忘給

1 「事」に声点⑦
2 底本「靭負」には「カウフ」のルビあり。
3 「考」は「拷」の略体か。拷訊ガウジン（文明本節用集）
4 長門本「問そん」
5 長門本「しもと」
6 底本「牧」を改めた。
7 底本「芫」。「麁《そ》」の異体字か。長門本「そけんの衣」。
8 長門本「にらみつけて」

タルナ。人ハミメ貌《かたち》[1]ノナダラカナルヲバ人トハ申《まうさ》ヌゾ、恩ヲ知《しる》ヲ以テ人トハ申《まうす》ゾ。ワ殿ノ様《やう》ナル者ヲコソ、人ノ皮ヲキタル畜生トハイヘ。サレバ何ノ科怠《くわたい》ニヨリテ、当家ヲ可レ滅之由《ほろぼすべきよし》ノ御結構アリケルヤラム。サレドモ微運ノ尽ザルニヨリテ、此《この》事顕《あらはれ》テ迎申タリ。日来《ひごろ》ノ御結構ノ次第、只今直《ぢき》ニ承候ベシ」ト宣ケレバ、大納言、涙ヲ流テ、「愍《あはれ》[2]身ニ取テハ全ク誤タル事ナク候。人ノ讒言ニテゾ候ラン。委《くはし》ク御尋アルベク候」ト宣ケレバ、入道イハセモハテズ、「西光法師ガ白状マヒラセヨ」ト宣ヘバ、持テ参タリ。入道引広《ひきひろげ》テ、クリカヘシ高ラカニ二返マデヨマレタリ。成親卿ヲ始トシテ、俊寛ガ鹿谷《ししのたにの》坊ニテ平家ヲ滅スベキ結構ノ次第、法皇ノ御幸、康頼ガ答返、一事トシテ漏ル、所ナシ。四五枚[3]ニ被レ記《しるされ》タリ。「是ハイカニ。此《この》上ハ披陳《ひちん》[4]ニヤ及《およぶ》ベキ。是ハドコヲアラガフゾ。アラニクヤ」トテ、白状ヲ大納言ニ投カケテ、障子ヲハタトタテ、返《かへり》給ケルガ、猶《なほ》腹ヲスヘカネ給テ、[5]

1　貌カタチ（類聚名義抄）
2　底本「愍《レン》身ニ取テハ」。長門本「なましいに身にとりて」とあるが不自然。類聚名義抄には、「愍アハレフ」とあることから、ここでは「アハレ」と読んでおく。
3　底本「牧」を改めた。
4　底本「破陳」を改める。長門本「ひちん」
5　底本は、ここで改行して次の章段に続ける。

十二　新大納言ヲ痛メ奉ル事

「経遠、兼康ハナキカ」ト宣ケレバ、経遠、兼康、季貞、盛国、盛俊ナムド参リタリケレバ、「誰ガ下知ニテ、アノ大納言ヲバ障子ノ内ヘハノボセケルゾ。アレ坪ニ引下シテ取テフセテ、シタヽカニサイナミテ、オメカセヨ」ト宣ケレバ、経遠已下《いげ》ノ兵共、ツトヨリテ、大納言ヲ庭ニ引落ス。其《その》中ニ季貞ハ、元ヨリ情アル者ニテ、大納言ヲ取テヲサヘテ、左手ニテ大納言ノ頸ヲツヨク取様《とるやう》ニシテ、サスガニツヨクトラズ、右手ニテ大納言ノ胸ヲヲス様ニシテ、ツヨクヲサズ、季貞ガ口ヲ大納言ノ耳ニ指《さし》アテヽ、「入道ノキカセ給候ヤウニ、只御声ヲ立《たて》テヲメカセ給ヘ」トサヽヤキケレバ、大納言、声ヲアゲテ二声三声ヲメカレケルヲ、入道聞給テ、「只ヲシ殺《ころせ》ヤ〳〵」トゾ宣ケル。其ノ有様目モアテラレズ。地獄ニテ獄卒、阿防羅刹ノ浄頗梨ノ鏡ニ罪人ヲ引向《ひきむけ》テ、前世ニ造シ所ノ業《ごふ》ニヨリテ、呵嘖《かしやく》ノ杖ヲ加ヘ、業ノ秤《はかり》ニ懸テ、軽重ヲ糺《ただ》[1]シテ、「非[2]三異人《イにん》作悪異人受二苦報一[3]。自業自得果、衆生皆如《かくのごとし》レ是」ト云テ、刑罰ヲ行ラムモカクヤト覚

1 底本「仁」を改める。長門本「たゞして」
2 「異人の作れる悪もて、異人、苦の報を受くるに非ず。自業自得の果なり。衆生皆是の如し。」（往生要集巻上、大文第一）
3 底本「報ニ」。

テ無慙《むざん》也。「簫[1]樊《ハン》[2]、囚[3]二飄韓彭《フウカンハウ》[4][5]一ニ、葅醢[6]《ニラギスサレタリ》。晁錯《テウソ》[7][8]、受《ケ》レ戮《リク》ヲ、周魏《ギ》、見《ラル》レ辜《ツミ》セ。其ノ余、佐《タスケ》レ命ヲ、立《ツ》レ功ヲ之士《シ》、賈誼亜夫《カギアブ》[9]之徒《トもがラ》、皆信《まこと》ニ命世《ノ》之才ナリ。抱《イダ》ケリ二将相之具《ソナヘ》一ヲ。而《しかるに》受《テ》二少人之讒一ヲ、並《ビニ》受《ク》二禍敗《クワハイ》之憂《うれへ》一ヲ」ト云ヘリ。簫荷《せうが》、樊会《ハンくわひ》、韓《カム》信《しん》、彭越《ハウエツ》、皆高祖《かうそ》之功臣タリシカドモ、カクノミコソ有ケレ。唐朝ニモ不《かぎらず》レ限、我朝ニモ保元、平治ノ比《ころ》ハ、浅猿《あさまし》カリシ事共モ有シゾカシ。新大納言一人ニモ限ルマジ。「コハイカヾハセムズル」ト、人歎《なげき》アヘリ。カクシテ季貞ノキニケリ。

大納言、半死半生ニゾミヘラレケル。

内大臣、此《この》後イト久《ひさしく》アリテ、烏帽子、直垂ニテ、子息ノ少将、車ノ尻ニノセテ、衛府四五人、随身二三人計《ばかり》召具テ、ソレラモ皆布衣《ほい》ニテ、物具《もののぐ》シタル者一人モ具セズシテ、ノドヤカニテヲハシタリ。入道ヲ初《はじめ》奉リテ、人々思ハズニ思給ヘリ。「イカニ、是程ノ大事ノ出キタルニ」ト人々宣ケレバ、「何事カハ有ベキ」ト宣ケルニコソ、人々皆シラケニケレ。兵具ヲ帯シタル者、ソヾロキテゾ有ケル。内府、「猿《さる》ニテモ大納言ヲバ、何《な》ニトシテケルヤラン。今ノ

1　文選四十一「李陵答二蘇武一書」を踏まえる。底本の訓点による訓読文を示

程ニハ死罪流罪ニハヨモ及バレジ」ト思召《おぼしめし》テ、見廻《みまはし》給ヘバ、侍ノ障子ノ上ニ、大ナル木ヲ以テ、クモデヲ結《ゆひ》チガヘタル一間《ひとま》ナル所アリ。日来《ひごろ》カヽル所有《あり》トモ思ハヌニ、俄《にはか》ニイデキタリケレバ、「哀《あはれ》、コヽニ大納言ヲバ籠《こめ》タルヨナ」トオボシテ、只今コソトホル由、キトヲトナハレタリケレバ、如レ案《あんのごとく》大納言クモデノ間ヨリ内府ヲ見付テ、地獄ニテ地蔵菩薩ヲ見奉リタラムモ、是ニハ過《すぎ》ジトウレシクテ、「是ハイカナル事ニテ候ゾ。誤《あやまり》タル事モ候ハヌ物ヲ。サテオハシマセバ、サリトモトコソ思奉テ候ヘ」トテ、ハラ〳〵ト泣給《なきたまふ》モ無慚也。大臣ハ、「人ノ讒言ニテゾ候ラム。御命計《ばかり》ハ申請《まうしうけ》バヤトコソ思給ヘドモ、ソレモイカヾ候ハンズラム」ト、タノモシゲナク宣ヘバ、「心ウシ。平治ノ乱ノ時、失《うせ》ヌベカリシ[10]、御恩ヲ蒙テ命ヲ被レ生《いけられ》奉テ、正二位大納言ニ至《いたり》、年既ニ四十余ニ成侍ヌ。生々世々ニ報ジ尽シ奉リ難クコソ思給ヘ。此度《このたび》ノ命計《ばかり》ヲ、同《おなじく》ハ生《いけ》サセ給ヘ。頭《かしら》ヲ剃テ、高野、粉河ニモ籠《こもり》テ、一筋ニ浮世ノ勤《つとめ》ヲセム」ト宣《のたまふ》モ哀也。「重盛カクテ候ヘバ、サリトモト思召《おぼしめす》ベシ。御命ニモ代リ奉

す。

「蕭樊、韓彭に囚はれ執はれて、菹《ニラギ》醢《ス》されたり。晁錯、戮を受け、周魏、辜《ツミ》せらる。其の余、命を佐《タス》け、功を立つる士、賈誼《カギ》、亜夫の徒《トもガラ》、皆信《まこと》に命世の才なり。将相の具《ソナヘ》を抱けり。而るに少人の讒を受けて、並びに禍敗《クワハイ》の憂《うれへ》を受く。」

2 「樊」に声点⑦

3 底本「田」に見せ消ちをして「囚」と傍書。その右に「トラハレトラハレテ イ」の傍書あり。

4 「飄」は「執」の異体字。長門本「執」。

5 「韓」に声点①

6 底本「菹」の左側に「ミ」を付す。底本のルビ「キ」の左肩に濁点を付す。

7 「晁」に声点①、声点⑦を見せ消ちとする。

8 底本「錯ニ」とし、声点⑤。

9 「賈」声点⑤、「誼」声点⑥、「亜」声点⑤、「夫」声点⑥

10 底本は一字分空白。虫損あり。長門本「うせぬへかりしに」とする。

ルベシ」トテ、タヽレケレバ、カク宣《のたまふ》ニ付《つけ》テモ、只甲斐《かひ》ナキ涙ノミゾ流《ながれ》ケル。「少将モ召《めし》ヤ取《とら》レヌラム。残留《のこりとどま》ル跡ノ有様モイカナルラム。少《をさな》キ者共モ穴倉《おぼつかな》シ」。我身ノ御事ハ猿事《さること》ニテ、是ヲオボシツヾクルニ、胸セキアゲテ、熱サモ堪ガタキニ、[1]晩《くるる》ヲ待タデ、命モ[2]可レ絶《たゆべく》ゾ覚シケル。内ノ大臣ノオハシツル程ハ、聊《いささか》ナグサム心地モシツルニ、イト詞少《ことばずくな》ニテ帰給テ後ハ、今少シ物モ怖シク悲クゾオボサレケル。

1　晩クル（伊呂波字類抄）
2　長門本「たへぬへく」

十三　重盛大納言ノ死罪ヲ申宥給事

[1]大臣殿、入道ノ前ニオワシタリケレバ、入道宣ケルハ、「大納言ノ謀叛ノ事ハ被レ聞《きかれ》タルカ」。「サ候。皆承リテ候。サテ何様《いかやう》ナル罪ニ可レ被レ行《おこなはるべき》ニテ候ヤラム」。「事モ愚カヤ、只今切ラムズル物ヲ」ト宣ケレバ、大臣宣ケルハ、「サテハ不便事《ふびんのこと》コソ候ナレ。大納言ヲ失ハン事ハ、能々《よくよく》御計《はからひ》候ベシ。六条修理大夫顕季卿、白川院ニ被二召仕一《めしつかはれ》奉リシヨリ以来《このかた》、家久《ひさしく》ナリテ、既ニ位《くらゐ》正二位、

官《くわん》大納言マデ昇テ、当時モ君ノ御イトヲシミノ者ナルヲ、忽《たちまち》ニ首《かうべ》ヲ刎《はね》ラレン事イカヾ有ベカルラム。猿《さる》事争《いかで》カ候ベキ。都ノ外《ほか》ヘ被レ出《いだされ》タラムニ事足《たり》候ナン。カクハ聞食《きこしめ》セドモ、若僻事《もしひがこと》ニテモ候ハヾ、弥《いよいよ》不便ノ事ニ候ハズヤ。北野天神ハ、時平ノ大臣ノ讒奏ニヨテ、延喜ノ御門《みかど》ニ被レ流《ながされ》奉リ、西宮大神[2]ハ、多田ノ新発《しんぼち》ガ讒言ニヨテ、安和ノ御門ニ被レ流給キ。各《おのおの》無実《むしつ》ナリケレドモ、流罪セラレ給ニキ。是皆《これみな》延喜ノ聖主、安和ノ御帝ノ御僻事トコソ申伝《まうしつたへ》タレ。上古猶如《しやうこなほかくのごとし》レ此、況《いはん》ヤ末代哉《をや》。賢王猶御誤《あやまり》アリ、況ヤ凡夫哉。委《くはし》ク御尋《たづね》モ可レ有《あるべし》。能々《よくよく》御思惟《しゆい》モ有ベシ。物サハガシキ事ハ、後悔先ニタ、ズトコソ申セ。既ニカク被二召置一《めしおかれ》ヌル上ハ、忩《いそ》ギ失《うしなは》レズトテモ、何ノ苦《くるし》ミカ有ベキ。『罪ノ疑《うたがはし》キヲバ惟《これ》軽ンゼヨ[3]。功ノ疑キヲバ惟重《これおもん》ゼヨ』トコソ申伝《つたへ》テ候ヘ。イカサマニモ、今夜首《こよひかうべ》[4]ヲ切ム事ハ不レ可レ然《しかるべからず》」ト宣ケレバ、入道猶心ユカズ、返事モシ給ハザリケレバ、内大臣重《かさね》テ被レ申《まうされ》ケルハ、「申旨《まうすむね》御承引ナクハ、先《まづ》一人ニ仰付テ、先《まづ》重盛ガ頸《くび》ヲ可レ被レ召候《めさるべくさうらふ》。其後《そののち》、御心ニ任テ振舞オワシマシ候ヘ。重盛、彼《かの》

1 この章段には、章の始めとなる「十三」という数字は記されていない。
2 「大臣」の当字
3 底本ルビ「ン」。「ク」に「ン」を重ね書きしているように見える。
4 今夜こよひ（落葉集）

大納言ノ妹ニ相具《あひぐし》テ候、惟盛又大納言ノ聟也。カヤウニ親《したし》ク罷《まかり》成テ候ヘバトテ申《まうす》トヤ思召《おぼしめ》サレ候ラン。イカニモ其《その》儀ニテハ候ハズ。為レ世《よのため》、為レ民、為レ君、為レ家ヲ存ジテ申《まうし》候也。一年《ひととせ》保元ノ逆乱《げきらん》之時、故少納言入道信西、適《たまた》マ執権ノ時ニ相当リ、[1]本朝ニ絶テ久《ひさしく》[2]ナリニシ死罪ヲ申行《まうしおこなひ》テ、左府ノ死骸ヲ実検セラレシ事ナムドハ、余《あまり》ナル御政《まつりごと》トコソ覚候シカ。古人ノ被レ申《まうされ》候シハ、『[3]死罪ヲ被《る》レ行《おこなは》レバ、謀叛ノ輩絶《たゆ》ベカラズ』ト。此《この》詞ハタシテ中《なか》二年有テ、平治ニ事出テ、[4]信西ガ埋《うづま》レタリシヲ堀[5]ヲコシテ、首ヲ切テ渡《わたし》キ。保元ニ行《おこなひ》シ事、忽《たちまち》ニ報テ、身ノ上ニムカワリニケリト思合《おもひあはせ》ラレテ、怖シクコソ候シカ。是ハサセル朝敵ニモアラズ。方々怖《かたがたおそれ》有ベシ。御身ノ御栄花残《のこる》所ナケレバ、今ハ思召《おぼしめし》残ス御事ナケレドモ、子々孫々マデモ繁昌コソアラマホシケレ。『積善《しやくぜん》ノ家ニハ余慶アリ。積悪《セキ》ノ門ニハ余殃《よあう》留《とどま》ル』トコソ承レ。周ノ文王ハ、大公望ニ命ゼラレテ、四如己《シジヨコ》ヲ恐レ、唐ノ大宗ハ、張温古ヲ切テ後、五復ノ奏ヲ用《もちゐ》ラル。又『[6]行レ善ヲ、則《すなはち》休《テ》レ徴報レズ之ヲ。行レ悪ヲ、則咎《トガメテ》レ徴随レ之』ナムドモ申タリ。又『世《よををさむ》治ル事ハ琴ヲナラスガ如シ。大絃急《きふ》ナル時ハ、小絃絶デキル』[7]トコソ、天暦ノ帝モ被《おほせられ》レ仰候ケレ」ナムド、細々《こまごま》ト被ニ誘《こしらへまうされ》[8]申一ケレバ、「ゲニモ」トヤ被レ思ケム、今夜《こよひ》切ルベキ事ハ思宥《ナダメ》テ、其《その》日ハクレニケリ。内大臣ハ、カク誘《こしらへ》ヲキテ帰リ給ケルガ、猶《なほ》心安カラズ覚テ、サモ可《しかるべき》レ然侍共ヲ召テ宣ケルハ、「仰《おほせ》ナレバトテ、重盛ニ云《いひ》合セズシテ、左右《さう》ナク大納言ヲ失《うしなふ》事不レ可《あるべからず》レ有。腹ノ立給マヽニ物騒《サハガ》[9]シキ事アラバ、後悔先ニ立《たつ》マジ。僻事《ヒガこと》シ出テ、重盛恨ナ」ト被《いましめられ》レ誡ケレバ、武士共舌ヲ振《ふり》テ怖《おち》アヘリ。「経遠、兼保ナムドガ、大納言ニ情ナク当リタリケル事、返々《かへすがへす》奇怪《キクハイ》也。サレバ重盛ガ返リ聞《きか》ム所ヲバ、争《いかで》カ憚ラザルベキ。忠清、景家体《てい》ノ者ナラバ、縦《たとひ》入道殿イカニ仰《おほせ》ラルトモ、カクハヨモアラジ。片田舎ノ者ハカヽルゾトヨ」ト宣ケレバ、難波二郎、妹尾太郎モ恐《おそれいり》入タリケリ。

1　底本「相」虫損あり。長門本「あひ」
2　底本「ナ」虫損あり。長門本「久なりし」
3　長門本「死さいををこなはるれは、むほんのともから絶へからす」
4　長門本「出来て」
5　「掘」の当字
6　訓読文「善を行へば、則ち徴を休めて之を報ず。悪を行へば、則ち徴を咎めて之に随ふ。」
7　「デ」に声点⑧。底本「絶デ」の左側に傍線を付し、上余白部に「不堪歟」と注記。
8　誘コシラフ（類聚名義抄）
9　底本「騒《サハガシ》」。ルビの「シ」は衍と見て削った。

十四　成親卿ノ北方ノ立忍給事

サテ大納言ノ共《とも》シタリケル者共、走帰《はしりかへり》テ、「大納言殿ハ八条殿ニ被二召籠《めしこめられ》一給ヌ。ユフサリ失《うしなひ》奉ルベシトテ、晩《くる》ルヲ待《まつ》ト承リツル」ト、アリツル有様ヲ泣々申ケレバ、北方ヨリ始テ、男女声ヲ揚テヲメキ叫《さけぶ》。サコソ悲カリケメ。理《ことわ》リ押ハカラル。「夢カヤ〳〵」ト思《おもへ》ドモ、ウツヽニテゾ有ケル。「イカニカクテハ渡《わたら》セ給ゾ。叶ハザラムマデモ立忍バセ給ヘ。少将殿ヲ初奉テ、君達マデ被《め》レ召《され》サセ給ベシトコソ承リツレ」ト、涙モカキアヘズ申アヒケレバ、「是程ノ事ニナリテ、残留《のこりとどま》ル身共安穏《あんヲン》ニテモ、ナムノ甲斐カハ有ベキ。イカニモ只一所ニテ、トモカクモナラムコソ本意ナレ。ケサヲ限《かぎり》ト思ハザリケル事ノ悲シサヨ」トテ、臥《ふし》マロビテ泣給フ。「已ニ兵来《きたり》ナム」ト人申ケレバ、「カクテ恥ガマシク有《あら》ム事モ、サスガナルベケレバ、一マドナリトモ立忍《たちしのび》[1]給ハン」トテ出給フ。尻頭《しりかしら》トモナキ少《をさな》キ人共取乗《とりのせ》テ、何《いづ》クヲ指テ行《ゆく》トモナク、遣《やり》出シツ。牛飼、「是《これ》ハイヅチヘ仕ルベキニテ候ヤラン」ト申ケレバ、「北山ノ方ヘ」ト車ノ内ヨリ宣ヘバ、大宮ヲ上《のぼり》ニ、北山ノ雲林院ノ辺マデヲハシニケリ。其辺《そのあたり》ナル僧坊ニオロシスヘ奉リテ、送《おくり》ノ者共モ、身々ノ難レ捨《すてがた》ケレバ、各《おのおの》暇《イトマ》申テ帰《かへり》ニケリ。今ハ甲斐ナキ少キ人々計《ばかり》留リ居テ、憑《たのも》シキ人一人モナクテオハシケム北方ノ御心ノ内、押ハカラレテ糸惜《いとほ》シ。日ノ晩行《くれゆく》影ヲ見給《たまふ》ニ付テモ、大納言ノ露ノ命、コヨヒヲカギルナリト思遣《おもひやら》レテ、消入《きえいる》心地ゾセラレケル。女房、侍共モカチ[2]ハダシニテ、恥ヲモ不レ知迷出《まどひいで》ニケリ。家中ノ見苦《みぐるし》キ物ヲ、取シタ、ムルニモ不レ及。門ハ扉ヲ開《ひらけ》ドモ、押立ル又者《またもの》モナシ。馬ハ馬厩《むまや》[3]ニ立レドモ、草飼ナヅル人モナシ。夜アクレバ車馬門《かど》ニ立テ、賓客《ヒンカク》座ニ烈《つらな》レリ。遊ビ戯レ舞ヒ躍《をど》[4]リ、世ヲ世トモ思ハズ、近隣ノ人ハ物ヲダニモ高クイハズ、門前ヲスグル者モ怖《おぢ》恐レテコソ昨日マデモ有ツルニ、夜ノ間ニ替行《かはりゆく》有様、盛者必衰ノ理《ことわ》リ、眼ノ前ニコソ顕《アラハ》レケレ。

夜モ漸《やうやく》フケ、レバ、大納言ハ、「只今可レ被レ失《うしなはるべし》」ト聞給ケレバ、「命ノ有ラン事モ今計《ばかり》也。誰ニカ此《この》世ニ思ヲク事云《いひ》ヲカン。北方、少キ者共モ、イカヾナリヌラン。哀《あはれ》、事付《ことづけ》ヲ今一度セバヤ。死《しな》ム事ハ力不レ及《およばぬ》事ナレドモ、是ガ

1 底本「ハ」虫損。長門本「たちしのはん」。
2 底本「カタ」。「タ」を見せ消ちとして、「チ」と傍書。
3 長門本「むまや」
4 躍ヲドル（類聚名義抄）

心ニカヽルコソ、ヨミヂノ障リナレ」ト覚シツヾケテ、サメ〴〵ト泣給《なきたまふ》モ理也。今夜《こよひ》計《ばかり》ノ命ナレバ、「今ヤ〳〵」ト待《まつ》程ニ、夜モ明方ニナリニケリ。「大納言殿ハ今夜トコソ聞ツルニ、イカニ今マデハ沙汰ナキヤラン。若《もし》御命ノ助《たすか》リ給ハンズルニヤ」トテ、武士共モ悦《よろこび》アヘリ。

十五　成親卿無思慮事

[1]大方此《この》大納言ハ、オヽケナク思慮ナキ心シタル人ニテ、人ノ聞トガメヌベキ事ヲモ顧《カヘリ》ミ給ハズ、常[2]ニ戯レニガキ人ニテ、無《キ》レ墓《ハカ》事共ヲモ宣ヒ過ゴス事モ有ケリ。後白川院ノ近習者《きんじゆしや》、坊門中納言親信ト云《いふ》人ヲハシキ。父右京大夫信輔朝臣、武蔵守タリシ時、彼《かの》国へ被レ下《くだられ》タリシニ儲《マウケ》[3]ラレタリケル子ナリ。元服シテ叙爵シ給タリケレバ、坂東大夫トゾ申ケル。院ニ候《さうらひ》給ケレバ、兵衛佐ニ成ニケリ。又坂東兵衛佐ナムド申《まうし》ケルヲ、ユヽシク本意ナキ事ニ思入《おもひいれ》ラレタリケル程ニ、新大納言、法皇ノ御前ニ候ハレケル時、タハブレニヤ、「親信、坂

東ニ何事共カ有《ある》」ト被レ申《まうされ》タリケレバ、取《とり》モアヘズ、「縄目ノ色革コソ多《おほく》候ヘ」ト被二返答一《へんたふせられ》タリケレバ、成親卿、顔気色少シ替《かはり》テ、又物モ宣ハザリケリ。人々アマタ候ハレケリ。按察入道資賢モ候ハレケリ。後ニ宣ケルハ、「兵衛佐ハユ、シク返答シタリツル者哉《かな》。事外《ことのほか》4ニコソニガリタリツレ」ト被レ申ケルトカヤ。平治ノ逆乱《げきらん》之時、此《この》大納言ノ、事ニ合《あは》レシ事ヲ被レ申タリケリ。

1　この章段には、章の始めとなる「十五」という数字は記されていない。
2　長門本「常たはふれふかき人にて」
3　底本は平仮名で「もうけ」と表記。
4　「二」虫損。長門本「ことの外にこそ」により補う。

十六　丹波少将成経西八条へ被召事

新大納言ノ嫡子、丹波少将成経、歳廿一ニナリ給《たまふ》ハ、院ノ御所ニ上臥《うへぶし》シテ、未ダ罷《まかり》出ラレヌ程ナリケルニ、大納言ノ御許《もと》ナリツル侍一人、院《ゐんの》御所ヘ馳《ハセ》参テ申ケルハ、「大納言殿ハ、ケサ西八条殿ニ被二召籠一《めしこめられ》サセ給ヌ。今夜《こよひ》可レ奉レ失《うしなひたてまつるべき》之由《よし》聞ヘ候。君達モ皆召サレ給ベシトコソ承ツレ」ト申ケレバ、「コハイカニ」トアキレ給テ、物モ覚ヘ給ハズ。「サリトモ宰相ノ許ヨリハ、カクト申サレンズラン」ト思給シホドニ、宰相ノ許ヨリ使アリ。「『具シ奉テ来《きた》レ』ト、八条ヨリ被レ申《まうされ》タリ。トク〳〵渡《わたり》給へ。コハイカナル事ニヤ、浅猿《あさまし》トモ愚《ヲロカ》也」。少将ハ近習《きんジュ》ニテオハシケル兵衛佐ト云《いふ》女房ヲ尋出シテ、「カヽル勝事《しようし》コソ候ナレ。夜部《よべ》ヨリ世間物《よのなか》[1]サハガシト承レバ、例ノ山ノ大衆ノ下ルヤランナムド、余所《よそ》ニ思テ候ヘバ、身ノ上ニテ候ケリ。御前ヘモ参候テ、今一度君ヲモ見進《まゐ》ラセ候ベキニ、今ハカヽル身ニテ候ヘバ、憚《はばかり》存《ぞんじ》候テ罷出《まかりいで》候ヌト披露セサセ給ヘ」ト宣《のたまひ》モアヘズ泣給フ。日比馴《ひごろナレ》給ツル女房達アマタ出来テ、アサマシガリテ泣アヘリ。「成経八歳ニテ見参ニ罷入テヨリハ、夜《よ》ル昼候テ、所労ナムドノ候ハヌ限ハ、一日モ御前ヘ参ラヌ事モ候ハザリツ。君ノ御イトヲシミ忝《かたじけな》クテ、朝暮ニ龍顔ニ咫尺《しせき》シ奉テ、朝恩ニノミアキ満テ、明《あか》シ晩《くら》シ候ツルニ、何《いか》ナル目ヲ見ルベキニテ候ヤラン、大納言モ今夜死罪ニ可レ被レ行《おこなはるべし》ト承候。父ノサヤウニ罷成《まかりなり》候ナン上ハ、成経ガ身モ同罪ニコソ被レ行《おこなはれ》候ハンズラメ」ト云《いひ》ツヾケテ、狩衣ノ袖モ絞ル計《ばかり》也。余所《よそ》ノ袂モ絞リアヘズ。兵衛佐、御前ニ参テ、此《この》由ヲ被レ申ケレバ、法皇モ大《おほき》ニ驚セ給テ、「是《これ》等ガ内々謀《ハカ》リシ事漏《モ》レニケルヨナ」

ト思食《おぼしめす》モ浅猿《あさま》シ。「今朝、相国ノ使ノ有ツルニ、事出《いで》ヌトハ思食ツ。サルニテモ是ヘ」ト御気色《きしよく》有ケレバ、「世ハ怖シケレドモ、今一度君ヲモ見奉ラン」ト被レ思ケレバ、御前ヘ被レ参タリケレドモ、君モ仰遣《おほせやり》タル方モナシ。龍顔ヨリ御涙ヲ流サセ給フ。少将モ申述《まうしのべ》タル方モナシ。袖ヲ顔ニヲシアテ、罷出ラレヌ。又門マデ遙ニ見送リテ、御所中ノ女房達、限《かぎり》ノ余波《ナゴリ》ヲ惜ミ、シボラヌ袂モナカリケリ。法皇モ後ヲ遙ニ見送ラセ給テ、御涙ヲノゴハセ給テ、「又御ランゼヌ事モヤ」ト思食《おぼしめす》ゾ忝ナキ。「末代コソウタテク心ウケレ。強《あながち》ニカクシモヤ有ベキ」トゾ被レ仰ケル。近ク召仕ヘケル人々モ、「更ニ人ノ上ト非レ可ニレ思フ。何ナル事カ有《あら》ムズラン」ト安キ心ナシ。

少将ハ宰相ノ許ヘオハシタレバ、此《この》事聞ツルヨリ、少将ノ北方ハアキレ迷《まどひ》テ物モ覚ヘズ、糸惜体《いとほしきてい》ニテゾオハシケル。近ク産シ給ベキ人ニテ、何《な》ニトナク日比《ひごろ》モ悩《ナヤミ》給ツルニ、カヽル浅猿《あさまし》キ事ヲ聞給ヘバ、イトヾ臥沈《ふししづみ》給モ理《ことわり》也。

少将ハ、今朝ヨリ流ル、涙《なみ》ダ尽セヌニ、北方ノ気色ヲ見給ニ、イトヾセムカタ

1 世間ヨノナカ（伊呂波字類抄）

ナクゾオボサル。「責《セメテ》ハ此《この》人身々[1]トナラムヲ見ヲキテ、イカニモナラバヤ」ト被《おもはれ》レ思ケルモ、責《せめて》ノ事ト覚テ糸惜《いとほ》シ。六条トテ、年来《としごろ》付奉タル乳母ノ女房有ケリ。此《この》事ヲ聞《きく》ヨリ、臥マロビ、モダヘコガル、事ナノメナラズ。少将ノ袖ニ取付テ、「イカニヤイカニ。君ノ血ノ中ニヲハシマシ、ヲ取上マヒラセテ、洗上《あらひあげ》奉テ、糸惜《いとほし》、悲《かなし》ト思《おもひ》ソメ奉リシヨリ、冬ノ寒朝《さむきあした》ニハ、シトネヲアタ、メテスヘ奉リ、夏ノ熱キ夜ハ、冷《すずし》[2]キ所ニフセ奉テ、明テモ晩《くれ》テモ此《この》御事ヨリ外、又イトナム事ナシ。我《わが》年ノ積ルヲバシラズ、人トナリ給ハン事ヲノミ思テ、夜ノ明《あくる》ヲモ日ノ晩《くる》ルヲモ心本《こころもと》ナクテ、廿一年ヲ送リ、ヲ、シ立《たて》奉テ、院内ヘ参リ給テモ遅《おそく》モ出給ヘバ、穴倉恋《おぼつかなくこひし》クノミ思奉リツルニ、コハイヅクヘオハシマスベキゾヤ。捨ラレ奉テ、一日片時《へんし》モ生テ有ベシトコソ覚ヘネ」トクドキ立テ泣[3]クニモ、「サコソ思ラメ」トオボセバ、少将涙ヲ押ヘテ、「イタクナ思《おもひ》ソ。我身誤《アヤ》マラネバ、サリトモトコソ思ヘ。宰相サテオハスレバ、命計《ばかり》ハナドカ申請《まうしうけ》ラレザルベキ」トナグサメ給ヘドモ、人目モシラズ泣《なき》モダウルモ無慚《むザン》也。

八条ヨリトテ使アリ。「遅《おそし》」トアレバ、「イカサマニモ参リ向テコソハ、トモカクモ申サメ」トテ、宰相出給ヘバ、車ニ乗具《のりぐし》テ少将モ出給ヌ。無人《なきひと》ヲ取出様《とりいだすやう》ニ見送テ泣アヘリ。保元、平治ヨリ以来《このかた》ハ、平家ノ人々ハ、楽ミ栄《さかえ》ハ有《あれ》ドモ、愁歎《うれひなげき》ハナカリツルニ、門脇ノ宰相コソ、由ナカリケル聟故《ゆゑ》ニ、カヽル歎ヲセラレケルコソ不便《ふびん》ナレ。

1 底本「身ヲ々ト」。「ヲ」は別筆。衍と見て削った。長門本「身々と」。
2 冷スヾシ（類聚名義抄）
3 底本「泣ケニモ」。「ケ」を見せ消ちとして、別筆により「ク」と傍書。

十七 平宰相丹波少将ヲ申請給事

八条近ク遣リ寄《よせ》テ見レバ、其《その》四五丁ニ武士充満《じゆうまんし》[1]テ、幾千万ト云《いふ》数ヲ不レ知。イトヾ怖シナムドハ云計《いふはかり》ナシ。少将ハ是《これ》ヲ見給《みたまふ》ニ付テモ、大納言ノ御事オボスゾ悲キ。宰相、車ヲバ門外ニ留《とどめ》テ案内ヲ申給ヘバ、「少将ヲバ内ヘハ入《いれ》給ベカラズ」ト有ケレバ、其辺《そのあたり》近キ侍ノ家ニヲロシ置テ、宰相内ヘ入《いり》給ヌ。見モシラヌ兵アマタ来テ、居メグリテ守リ申ス。少将ハ、恃《たの》ミタリツル宰相ハ入給ヌ、イトヾ心細ク悲シ。宰相入テ見給ヘバ、大方内ノ有様、武士共ノヒソメ

1 長門本「しうまんして」

キアヘルサマ、誠ニヲビタヽシ。「教盛コソ参テ候ヘ。見参ニ入ン」ト宣ケレドモ、入道出合給《いであひ》ハザリケレバ、季貞ヲ呼テ宰相被レ申《まうされ》ケルハ、「無レ由者《よしなきもの》ニ親《したし》クナリテ、返々《かへすがへす》クヤシク候ヘドモ、甲斐モ候ハズ。成経ニ相具《あひぐし》テ候物、イタクモダヘコガレ候ガ、恩愛ノ道、力及バザル事ニテ、無慚ニ覚《おぼえ》候。近ク産スベキ者ニテ候ガ、イカニ候ヤラン、日来《ひごろ》ナヤミ候ツルガ、此歎打副《このなげきうちそひ》候ナバ、身々トモナラヌ先ニ、命モ絶《たえ》候ナンズ。助ケバヤト思候テ、恐ナガラカク申入《まうしいれ》候。成経計《ばかり》ヲバ申預《まうしあづかり》候バヤ。教盛カクテ候ヘバ、争《いかで》カ僻事《ひがこと》セサセ候ベキ。穴倉思召《おぼつかなくおぼしめ》サルベカラズ」ト、泣々申給《なくなくまうしたまふ》。季貞、此《この》由ヲ入道ニ申ケレバ、ヨニ心得ズゲニテ、トミニ返事モ宣ハズ。宰相中門ニテ、イカニ〳〵ト待給フ。良久《ややひさしく》アリテ、入道宣ケルハ、「成親卿、此《この》一門ヲ滅《ほろぼし》テ、天下ヲ乱ラントスル企《くはたて》有ケリ。而《しかれ》ドモ一家ノ運尽《つき》ヌニヨテ、此事顕《あらは》レタリ。少将ハ既ニ彼ノ大納言ノ嫡子也。親《したし》クヲハストテモ、エコソ有[1]申《なだめ》マジケレ。彼《かの》企遂《とげ》マシカバ、其《それ》御辺トテモヲダシクテヤ御《お》ワスベキ。イカニ御身ノ上ノ大事ヲバ、カクハ宣《のたまふ》ゾ。

聟モ子モ身ニ増ルベキカハ」ト、少《すこし》モユルギナク宣ヘバ、季貞返《かへり》出テ、此由ヲ申ケレバ、宰相大《おほき》ニ本意ナゲニ思給テ、押返《おしかへ》シ宣ケルハ、「加様《かやう》ニ被《おほせらる》レ仰ル上ヲ重テ申《まうす》ハ、其恐《そのおそれ》深ケレドモ、心ノ中ニ思ハン程ノ事ヲ、残サムモ口惜ケレバ申《まうす》ゾ。季貞、今一度ヨク〳〵申セヨ。去《さんぬ》ル保元、平治両度ノ合戦ニモ、身ヲ捨《すて》テ、御命ニ替リ奉ラントコソ思シカ。是ヨリ後ナリトモ、荒キ風ヲバ先《まづ》防《ふせか》ムトコソ思給ヘ。教盛コソ今ハ年罷《まかり》ヨリテ候《さうらへ》ドモ、若者共アマタ候ヘバ、御大事モ有ム時ハ、ナドカ一方ノ御固《かため》トモナラデ候ベキ。夫《それ》ニ教盛ガ憑《たのみ》奉リタル程ハ、ツヤ〳〵被《おぼしめされ》二思食一候ハザリケリ。成経ヲ暫ク罷《まかりあづから》預ムト申ヲ、穴《おぼつかな》倉ク思召テ、御ユルサレノナカラムハ、既ニ二心《ふたごころ》有ル者ト思食《おぼしめす》ニコソ。是《これ》程ニ後《うしろ》メタナキ物ニ被《おもはれ》レ思奉テ、世ニ有テハ何《な》[2]ニカハスベキ。世ニ有《あら》バ、又何計《いかばかり》ノ事カハ有ベキ。今ハ只、身ノ暇《いとま》ヲ給《たまはり》テ、出家入道シテ、片山寺《かたやまでら》ニモ籠《こもり》居テ、後生菩提ノ勤《つとめ》ヲ可《つかまつるべし》レ仕。無《よしなき》レ由憂世ノ交リ也。世ニ有レバコソ望モアレ、望ノ叶ハネバコソ恨モアレ。不《しかじ》レ如、只世ヲ遁《のがれ》テ、実《まこと》ノ道ニ入ランニハ」ト宣ヘ

1 長門本「なため申ましけれ」
2 長門本「世にあてもなにかはすへき」

バ、季貞、「ニガ〱シキ事哉」ト思テ、此《この》由ヲ委《くはし》ク入道ニ申ケレバ、「物ニ心得ヌ人哉」トテ、又返事モ宣ハズ。季貞申ケルハ、「宰相殿ハ思食切《おぼしめしきり》タル御気色ニテ渡ラセ給候メリ。能々《よくよく》御計《はからひ》有ベクヤ候ラン」ト申ケレバ、其《その》時入道宣ケルハ、「先《まづ》御出家アルベシト被レ仰《おほせられ》候ナルコソ、驚存《おどろきぞんじ》候へ。大方ハ是《これ》程ニ被レ恨《うらまれまゐら》進セ候ベシトコソ存《ぞんじ》候ハネドモ、夫《それ》程ノ仰《おほせ》ニ及ム上ハ、少将ヲバ暫ク御宿所ニヲカレ候ベシ」ト、シブ〱ニ有ケレバ、宰相悦《よろこび》テ出給《いでたまひ》ニケリ。

少将ハナニトナク憑シゲニ思テ、「イカニ」ト問給《とひたまふ》モ哀也。宰相被レ思《おもはれ》ケルハ、「穴《あな》無慚ヤナ。我身ニ替《かへ》テ申《まうさ》ザラムニハ、叶《かなふ》マジカリツル者ノ命ゾカシ。人ノ子ヲアマタ持ツ事ハ無益ノ事カナ。我《わが》子ノ縁ニムスボヲレザランニハ、人ノ上ノ事ニコソ見ベキ者ノ事ヲ、身ノ上ニナシテ、肝心《きもこころ》ヲ消スコソヨシナケレ」トオボサレケレバ、「イサトヨ。入道殿ノ鬱《いきどほ》リナノメナラズ深ゲニテ、教盛ニハ対面モシ給ハズ。叶マジキ由、度々《たびたび》宣ツレドモ、季貞ヲ以テ、『出家入道ヲモセム』トマデ申タリツレバヤラン、『暫ク宿所ニヲキ給《たまへ》』ト計《ばか》リ宣ツレドモ、始終ヨカルベシトモ覚ヘズ」ト宣ケレバ、少将申サレケルハ、「成経、御恩ニテ、一日《いちじつ》ノ命モ延《のび》候ケルニコソ。一日トテモヲロカノ儀ニテ候ハズ。助リ候ハン事コソ、然《しかる》ベク候ヘ。是《これ》ニ付《つけ》候テモ、大納言ノユクヘ、イカヾ聞食《きこしめ》サレ候ツル」ト宣《のたまへ》バ、宰相、「イサトヨ。御事ヲコソ、トカク申候ツレ。大納言殿ノ御事マデハ、心モ及バズ」ト宣ケレバ、「ゲニモ理《ことわり》カナ」ト思《おもへ》ドモ、「大納言、今夜《こよひ》失《うしなは》レ候ハヾ、御恩ニテ、成経、今日計《ばかり》命生《いき》テモナニ、カハシ候ベキ。死出山《しでのやま》ヲモ諸共《もろとも》ニ越ヘ、片時《かたとき》モヲクレジトコソ存《ぞんじ》候ヘ。同《おなじ》御恩ニテ候ハヾ、大納言ノイカニモ成候ハン所ニテ、トモカクモ罷成候《まかりなりさうらは》バヤ。同《おなじく》ハ、サヤウニ申行《まうしおこな》ハセオワシマスベクヤ候ラン」トテ、サメ〴〵ト泣レケレバ、宰相又心苦《ぐるし》ゲニテ、「実《まこと》ヤラン、大納言ノ事ヲバ、内ノヲトヾ殿、トカク被レ申《まうされ》ケレバ、今夜ハ延《のび》給ヌルヤラントコソ、ホノギヽツレ。心安ク思給ベシ」ト宣ケレバ、少将、其《その》時手ヲ合《あはせ》テ被レ喜《よろこばれ》ケリ。「責テ今夜計《ばかり》ナリトモ延給ヘカシ」トテ、被レ悦《よろこばれ》ケルヲ見給ケルニコソ、宰相又、「無慚ヤナ。子ナラザラン者ハ、只今誰《たれ》カハ是《これ》程ニ、我身ノ上ヲサシヲイテ、穴《おぼつかなく》倉モ思ヒ、延タルヲ聞[1]テ、身ニシミテウレシク思ベキ。実ノ思《おもひ》ハ、父子ノ志ニコソ留《とどめ》テケレ。子ヲバ人ノ持《もつ》ベカリケル物ヲ」トゾ、ヤガテ思返サレケル。

サテ宰相ハ、少将ヲ具《ぐし》テ帰リ給ヒケレバ、宰相ノ宿所ニハ、少将ノ出給ツルヨリモ、北方ヲ始トシテ、母上、メノトノ六条、臥沈《ふししづみ》テ、「何《いか》ナル事ヲカ聞カムズラン」ト、肝心《きもこころ》ヲ迷《まどはし》テ思召ケル程ニ、「宰相帰リ給《たまふ》」ト云ケレバ、イトヾ胸セキ上《あげ》テ、「打捨テオワスルニコソ。未《いまだ》命モオワセバ、何《いか》ニ弥《いよいよ》心細クオボスラム」ト、悲ク思ハレケルニ、「少将殿モ帰ラセ給」ト、先ニ人走向《はしりむかひ》テ告申タリケレバ、車寄ニ出向テ、「実《まこと》カヤ」トテ、又声ヲ整《トトノヘ》テ泣アヒ給ヘリ。実ニ宰相、少将、乗具《のりぐし》テ帰リ給ヘリ。後ハ不ㇾ知《しらず》、帰リヲハシタレバ、死《しに》タル人ノ蘇生シタル様《やう》ニ覚《おぼえ》テ、悦ビ泣共《なきども》シアハレケリ。此《こ》ノ宰相ノ宿所ハ、門脇トテ、六波羅ノ惣門ノ内ナレバ、程隔タラズ。入道、当時ハ八条ニオワシケレドモ、世モ猶ツヽマシクテ、門サシ、蔀ノ上計《ばかり》アゲテゾオハシケル。

1　底本虫損。長門本「聞て」。

十八　重盛父教訓之事

入道ハ、カヤウニ人々アマタ誓《いまし》メヲカレタリケレドモ、猶《なほ》心不レ安《やすからず》被レ思《おもはれ》ケレバ、「善悪、法皇ヲ先《まづ》迎ヘ取奉テ、此《この》八条ニ押籠《おしこめ》マヒラセテ、イヅチヘモ御幸ナシ奉ラム」ト思《おもふ》心被レ付《つかれ》ニケリ。赤地ノ錦ノ直垂ニ、白金物打《うち》タル黒糸威ノ腹巻ノ、胸板責テ、ソノカミ安芸守ニテ神拝セラレケル時、厳島《いつくしまの》社ヨリ、霊夢ヲ蒙テ儲《まうけ》ラレタリケル、白金ノ蛭巻シタル秘蔵《ひさう》[1]ノ手鉾ノ、常ニ枕ヲ放タザリケル、左脇ニ挟ミテ、中門ノ廊ニツト出テ被レ立《たたれ》タリ。其《その》気色ユ、シクゾ見ヘラレケル。肥後守貞能ハ、木蘭地《むくらんぢ》ノ直垂ニ、緋威《ひをどし》ノ鎧キテ、御前ニ跪《ヒザマヅイ》[2]テ候《さぶらふ》。入道宣ケルハ、「貞能、此《この》事イカゞ思フ。入道ガ存ズルハ僻事《ひがこと》カ。一年《ひととせ》、保元ノ逆乱《げきらん》ノ時、[3]馬助ヲ初トシテ、親《したしき》者共ハ、半バ過テ讃岐《さぬきの》院ノ御方ヘ参リニキ。一宮ノ御事ハ、故卿殿ノ養君《やしなひぎみ》ニテ渡ラセ給シカバ、方々思放《おもひはなち》奉リガタカリシカドモ、故院ノ御遺誡ニ任テ、御方ニテ先ヲカケタリキ。是《これ》一ノ奉公

1　秘蔵ヒサウ（黒本本節用集）
ヒサウ Fisŏ（日葡辞書）
2　底本のルビは別筆と思われる。
3　底本のまま。

ナリキ。次ニ平治ノ逆乱之《ノ》時、信頼、義朝ガ振舞、入道命ヲ惜テハ叶マジカリシヲ、命ヲ捨テ、凶徒ヲ追落シテ、天下ヲ鎮ム。其《その》後、経宗、惟方ヲ誡《いましめ》シニ至《いたる》マデ、君ノ御為ニ命ヲ捨ムトスル事、度々也。縦《たとひ》人イカニ申《まうす》トモ、入道ガ子孫ヲバ、争《いかで》カ捨サセ給ベキ。サレバ入道ガ事ヲ、忽緒《こつしよ》シ申《まうさ》ム者ヲバ、君モ尤《もつとも》御誡モ有ベキニ、誡ラル、マデコソナカラメ、大納言ガ讒ニ付セ給テ、情ナク一門追討セラルベキ由ノ院中ノ御結構コソ、遺恨ノ次第ナレ。此《この》事、行綱告《つげ》知ラセズハ、顕《あらは》ルベシヤ。顕《あらはれ》ズハ、入道安穏《あんをん》ニテ有ベシヤ。猶モ北面ノ下臈共ガ諫《いさめまうす》申事ナムドアラバ、当家追討ノ院宣被《れ》レ下サヌト覚《おぼゆる》ゾ。朝敵ト成ナム後ハ、悔《クヤム》ニ益《エキ》有マジ。世ヲ鎮メン程、仙洞ヲ鳥羽ノ北殿ヘ移シ奉ルカ、不レ然《しからず》ハ御幸ヲ是《これ》ヘナシ奉バヤト思《おもふ》也。其《その》儀ナラバ、北面ノ者共ノ中ニ、矢ヲモ一筋射出《いいだ》ス者モアリヌトオボユルゾ。侍共ニ『其《その》用意セヨ』ト触《ふ》ルベシ。大方ハ、入道、院方ノ宮仕《みやづかへ》思切タリ。キセナガ共取出セ。馬ニ鞍ヲカセヨ」トゾ下知セラレケル。鳥羽殿ヘノ御幸トハ聞ヘケレドモ、内々ハ法皇ヲ西国ノ方ヘ流シ進《まゐら》スベキ由ヲゾ議セラレケル。

　主馬判官盛国、此《この》気色ヲ見奉テ、小松殿ニ馳参《はせまゐり》テ、大臣殿ニ申ケルハ、「世ハ今ハカウト見ヘ候。入道殿、既ニ御キセナガヲ被レ召《めされ》候。侍共、皆打立《うちたち》候。法住寺殿ヘ被レ寄《よせられ》候。鳥羽殿ヘノ御幸トコソ聞ヘ候ヘドモ、内々ハ西国ノ方ヘ御幸ナルベキニテ候ヤラントコソ、承リ候ツレ。イカニ此《この》御所ヘハ、今マデ御使ハ候ハヌヤラン」ト、息モツギアヘズ申ケレバ、内大臣、大《おほき》ニ騒レケリ。争《いかで》[3]サシモノ事ハアルベキトハ思ヘドモ、今朝ノ入道殿ノ御気色、サル物狂《ものぐるはし》キ事モ有ラントオボサレケレバ、内府忩《いそ》ギ馳来給《はせきたりたまふ》。其《その》時モ同ク甲冑ヲヨロウニ及バズ、八葉ノ召車ノケシカルニ、子息ノ惟盛、車ノ尻ニノセテ、重代伝リタル唐皮ト云《いふ》鎧、小烏ト云大刀、車ノ内ニ内々用意シテ持レタリ。引サガリテ鞍置馬引《ひか》セタリ。衛府四五人、随身二三人召具《めしぐし》テ、深更ニ及テ、ケサノ体《てい》ニテ、烏帽子、直衣《なほし》ニテオハシタリケリ。西八条ニ指入テミ[4]ラレケレバ、高燈台、侍、中門、坪々ニカキ立テ、一門ノ卿相、雲客数十人、各《おのお》ノ思々ノ鎧直垂ニ、色々

1　底本は虫損のため「ノ」に見えるが「ソ」であろう。長門本「おほゆるそ」。
2　ルビは底本のまま。「エキ」が正しい。
3　長門本「いかてさしもの事あるへき」
4　底本は虫損。長門本「見られけれは」。

ノ鎧キテ、中門廊《ちうもんの》ニ二行ニ着座セラレタリ。衛府、所司、諸国ノ受領ナムドハ、梴《えん》ニ居コボレテ、壺ニモヒシト並居《なみゐ》タリ。旗棹ドモ引ソバメ、馬ノ腹帯ヲシメテ、甲《かぶと》ヲ膝ノ上ニ置テ、只今カケ出《いで》ムズル体《てい》トミヘケルニ、内大臣、直衣ニテ、大文ノ指貫ノソバ取テ、[1]ザヤメキ被《いら》レ入《れ》ケリ。事外《ことのほか》ニコソ見ヘラレケレ。

入道、此《これ》ヲ遙《はるか》ニ見付テ、少シ伏目ニコソナラレケレ。「例ノ内府ガ入道ヲ表《へう》スル様ニ振舞《ふるまふ》ハ」トテ、心得ズゲニ被レ思タリ。内大臣、聊《いささか》モ憚ル気色ナク、ユラ〳〵ト歩ミヨテ、中門ノ廊ニ被《つか》レ着《れ》タリ。弟ノ右大将宗盛卿ヨリ上《かみ》ナル一《いちの》座《ざ》ニ、ムズトツカレタリ。内府、四方ヲ見マハシテ、「イシゲニサウ御気色共カナ」トテ、ベシ口セラレケリ。兵杖ヲ帯シタル人々モ、皆ソゞロキテゾ見ヘラレケル。客殿ヲ見給ヘバ、大政入道ノ体、惣《そうじ》テ[2]軽《かろき》ナリ。赤地ノ錦ノ直垂ニ、黒糸威ノ腹巻キテ、左ノ方ニハ黒糸威ノ鎧ニ、白星ノ甲重テ被レ置タリ。右ノ方ニハ白金ノ蛭巻シタル擲刀《なぎなた》立《たて》テ、院ノ御所歟《か》、臣家ノ許ヘカ、只今打入《うちいり》ゲナル気色ナリケルガ、入道ハ是《これ》ヲ見給テ、子ナガラモ、内ニハ五戒ヲ持《たもち》[3]テ慈悲ヲ先トシ、外ニハ五常ヲミダラズ、礼義ヲ正クシ給フ臣ナリケレバ、腹巻ヲ着テ相向ハン事ノ面ハユクヤ被レ思ケン、障子ヲ少シ引立テ、腹巻ノ上ニ素絹ノ衣ヲ引懸テ、胸板ノ金物ノ、ハヅレテキラメキテミヘケルヲ隠サムト、頻《しきり》ニ衣ノ胸ヲ引チガヘ〳〵ゾセラレケル。内大臣、此ノ気色ヲ見給テ、「穴口惜《あなくちをし》。入道殿ニハ能《よ》ク天狗付《つき》タリケリ」ト、ウトマシクゾ被レ思ケル。入道宣ケルハ、「抑《そもそも》此間ノ事ヲ、西光法師ニ委《くはし》ク相尋《あひたづね》候ヘバ、成親卿父子ガ謀叛ノ企《くはたて》ハ枝葉ニテ候ケルゾ。真実ニハ法皇ノ御叡慮ヨリ思食《おぼしめし》立セ給《たまふ》御事ニテ候ケリ。大方ハ近来《ちかごろ》ヨリ、イトシモナキ近習者《きんじゆしや》共ガ、折ニフレ時ニ随テ、サマ〴〵ノ事ヲ勧申《すすめまうす》ナル間、御軽々《きやうきやう》[4]ノ君ニテ渡ラセ給フ、一定《いちぢやう》天下ノ煩《わづらひ》、当家ノ大事引出《ひきいだ》サセ給ヌト覚《おぼゆ》ル時ニ、法皇ヲ是ヘ迎ヘマヒラセテ、片辺《かたほとり》ニ追籠《おひこめ》マヒラセムト存ル事ヲ、申合セ奉ラムトテ、度々使ヲ遣シツル也」ト宣ヘバ、内府、「畏テ承候ヌ」ト計《ばかり》ニテ、双眼ヨリ涙ヲハラ〳〵ト落《おとし》給フ。入道、「浅猿《あさまし》」

1 ザヤメク Zayamequ（日葡辞書）
2 底本「軽」の下に半字分ほどの空白があり、踊り字「々」を擦り消したような痕跡がある。「軽々ナリ」と書写しようとしたものか。
3 持タモツ（類聚名義抄）
4 軽々キヤウ〳〵（伊呂波字類抄）

トオボシテ、「コハイカニ」ト宣ヘバ、内府暫ク物モ宣ハズ、良久《ややひさしく》有テ、直衣ノ袖ニテ涙ヲ拭ヒ、鼻打カミ宣ケルハ、「ナニカノ事ハ知候ハズ。先《まづ》御体《すがた》[1]ヲ見マヒラセ候コソ、少《すこし》モウツヽトモオボヘ候ハネ。サスガ吾朝ハ辺地粟散《へんちぞくさん》ノ境ト申ナガラ、天照大神ノ御子孫、国ノ主トシテ、天児屋根《あまつこやね》ノ御末、朝政《あさまつりごと》[2]ヲ掌《つかさどり》[3]給シヨリ以来《このかた》、大政大臣ノ位ニ昇《のぼる》人、甲冑ヲヨロフ事、輙《たやす》カルベシトモ覚《おぼえ》候ハズ。方々《かたがた》御憚《はばかり》有ベク候物ヲ。就《なかんづくに》レ中、御出家ノ御身也。夫《それ》三世諸仏、解脱同相ノ法衣《ほふえ》ヲ脱捨テ、忽《たちまち》ニ甲冑ヲ帯シ坐《ま》[4]シマサン事、既ニ内ニハ破戒無慚ノ罪ヲ招《まねき》給ノミニ非ズ、外ニハ又、仁義礼智信ノ法ニモ背《そむき》候ヌラントコソ覚候ヘ。能々《よくよく》御栄花尽テ、御世《みよの》末ニ成テ候ト覚候間、余《あまり》ニ悲ク覚候テ、不覚ノ涙ノ先立《さきだち》候ゾヤ。方々恐《おそれ》アル申事《まうしごと》ニテ候ヘドモ、暫ク御心ヲシヅメサセオワシマシテ、重盛ガ申《まうし》候ハン事ヲ、具《つぶさ》ニ聞召《きこしめ》シ候ベシ。且《かつ》ハ最後ノ申状《まうしじやう》也。心底ニ存《ぞんぜ》ン程ノ旨趣《しいしゆ》ヲノコスベキニ候ハズ。

先《ま》ヅ世ニ四恩ト申《まうす》事ハ、諸経ノ説相《せつさう》不同ニシテ、内外《ないげ》ノ存知、各《おのおの》別ナリト云《いへ》ドモ、且《しばら》ク[5]心地観経ノ第八ノ巻ニヨラバ、一ニハ天地ノ恩、二ニハ国王ノ恩、三ハ師長ノ恩、四ニハ衆生ノ恩、是《これ》也。是ヲ知《しる》ヲ以テ人倫トシ、不ㇾ知《しらざる》[6]ヲ以テ鬼畜トス。其《その》中ニ尤モ重《おもき》ハ朝恩也。普天《ふてん》[7]ノ下、莫《なし》ㇾ非《あらざる》二コト王土一。卒土《そつと》[8]ノ浜《ひん》[9]、莫ㇾ非二コト王臣一。サレバ彼《か》ノ穎川《えいせん》ノ水ニ耳ヲ洗《あらひ》、首陽山《しゆやうざん》ニ蕨ヲ折ケル賢人モ、勅命ノ難ㇾ背《そむきがたき》礼義ヲバ存《ぞんじ》テコソ候ナレ。忝《かたじけなく》モ御先祖桓武天皇ノ御苗裔《べうえい》、葛原親王ノ御後胤《こういん》ト申ナガラ、中比《なかごろ》ヨリ無下《むげ》ニ官途モ打下《くだり》テ、纔《わづか》ニ下国《げこく》ノ受領ヲダニモユルサレテコソ候ケルニ、故刑部卿殿、備前国々務ノ時、鳥羽院《とばのゐんの》御願、得長寿院ヲ造進ノ勧賞ニヨテ、家ニ久《ひさしくたえ》絶タリシ内ノ昇殿ヲユルサレケル時ハ、万人脣《くちびる》ヲ翻《かへ》[10]シケルトコソ承リ伝テ候ヘ。何況《いかにいはんや》、御身既《すで》ニ先祖ニモ[11]未ダ拝任ノ跡ヲ聞ザリシ大政大臣ノ位ヲ極メサセ給《たまふ》。御末又大臣ノ大将ニ至レリ。所謂《いはゆ》ル重盛ナンドガ、不才愚暗ノ身ヲ以テ、蓮府槐門ノ位ニ至ル。加ㇾ之《しかのみならず》、国郡半《なかば》[12]ハ一門ノ所領也。田園悉《ことごと》ク家門ノ進止《しんじ》タリ。是希代《これきたい》ノ朝恩ニ非乎《あらずや》。今是等《これら》ノ莫大《ばくたい》ノ朝恩ヲ忘レテ、君ヲ傾《かたぶけまゐら》進セマシマサム事、

1 体スガタ（類聚名義抄）。長門本「御姿」
2 長門本、盛衰記「朝政」。屋代本「朝ノ政《マツリコト》」、覚一本「朝の政《マツリコト》」とする。
3 掌ツカサトル（類聚名義抄）
4 長門本「ましまさん事」
5 底本「且」に「ハヤ」のルビを付すが、擦り消したように見える。
6 長門本「知さるをもて」
7 「普天」以下「王臣ニ」までは、詩経「小雅」による句。
8 底本「卒」に「シュツ」の振り仮名あり。改めた。
9 底本「償」とし、声点⑤を付す。詩経等により「浜」に改める。詩経等によれば「濱」（旧字体）とあるべきところ。旁の「賔」は「賓」の異体字「賔」の誤写か。
10 飜カヘス（類聚名義抄）。長門本「くちびるを返しけるところこそ」
11 底本は「モ」の上半分が虫損。盛衰記「先祖ニモ」。
12 底本「群」を改める。

天照大神、正八幡宮、日月星宿、堅牢地神マデモ御免《ゆるさ》レヤ候ベキ。『君ヲ背ク者ハ、近《ちかく》ハ百日、遠《とほく》ハ三年ヲ不レ出《いでず》』トコソ申伝《まうしつたへ》タレ。若《もし》又院宣ニテ謀叛ノ御企《くはたてあり》有トモ、僻事《ひがこと》トモ存《ぞんじ》候ハズ。倩《つらつら》ラ上古《しやうこ》ヲ思候ニ、曩祖《なうそ》平将軍貞盛、相馬小二郎将門ヲ誅《うち》[1]タリシモ、勧賞ヲ被レ行《おこなはれ》候シ事、受領ニハ過ザリキ。伊与入道頼義ガ、貞任、宗任ヲ誅戮《ちゆうりく》シ、陸奥守義家ガ、武衡、家衡ヲ滅タリシモ、イツカハ丞相ノ位ニ昇リ、不次《ふじ》ノ賞ニ預リタリシ。而《しかる》ヲ此《この》一門、代々朝敵ヲ追討シテ、四海ノ逆浪《げきらう》ヲ鎮《しづむ》ル事ハ、無双《ぶさう》[2]ノ忠ナレドモ、面々ノ恩賞ニ於テハ、傍若無人トモ申《まうし》ツベシ。サレバ聖徳太子ノ十七ケ条ノ憲法ニハ、『人皆有レ心。[3]心各有レ執。彼是我非、我是彼非。是非之理、誰能可レ定。相共ニ賢愚ナリ。如二環無一レ端。是以、彼人雖レ嗔、還恐二我失一ヲ』トコソ候ヘ。依レ之《これによりて》、君、事ノ次《ついで》ヲ以テ、奇怪也ト思召《おぼしめさ》ン事ハ、尤《もつとも》理《ことわり》ニテコソ候ヘ。然而《しかれども》[4]御運尽ザル歟《か》ニ依テ、此事《このこと》既ニ顕《あらは》レテ、被二仰合一《おほせあはせられ》候人々、加様《かやう》ニ被二召置一《めしおかれ》候ヌ。縦《たとひ》又君イカナル事ヲ思召立《おぼしめしたち》候トモ、且《しばら》ク何ノ怖《おそれ》カハヲハシマスベキ。

大納言以下《いげ》ノ輩ニ、所当ノ罪科被《おこなはれ》レ行候ナン上ハ、退テ事ノ由ヲ陳ジ申サセ給テ、君ノ御為ニハ弥《いよいよ》奉公ノ忠節ヲ尽《つくし》、民ノ為ニハ増々《ますます》撫育ノ哀憐ヲ致サセ給ハヾ、神冥仏陀ノ擁護《おうご》浅カラズ。冥衆《みやうしゆ》善神ノ加護頻《しきりに》シテ、君ノ御政《まつりごと》引替《ひきかへ》テ、直《スナヲ》ニナルナラバ、逆臣《げきしん》忽《たちまち》ニ滅亡シ、凶徒即《すなはち》退散シテ、四海波静《しづか》ニ、八埏《エン》嵐治ラン事、掌《たなごころ》ヲ返サンヨリモ猶速《すみやか》ナルベシ。猥《みだりがはし》[5]ク法皇ヲ傾ケ進《まゐら》セマシマサン事、可レ然《しかるべし》トモ覚ヘ候ハズ。『不[6]下以二父命一辞中王命上、以二王命一辞二父命一。不下以二家事一辞中王事上、以二王事一辞二家事一』トモ侍リ。又君与臣《くんとしんと》ヲ准《なずらふ》ルニ、親踈ヲワカズ君ニ仕ヘ奉ルハ、忠臣ノ法也。道理与僻事《だうりとひがこと》ヲ准《なずらへ》ンニ、争《いかで》カ道理ニ付《つか》ザラン。於レ是者《ここにおいては》、君ノ御道理ニテ候ヘバ、重盛ニヲキテハ、御院参ノ御共ヲバ仕ルベシトモ存《ぞんじ》候ハズ。叶ハザラムマデモ、院中ヲ守護シ奉ラバヤトコソ存候ヘ。重盛、初メ六位ニ叙《ジヨ》[7]セシヨリ、今三公ノ末ニ烈《つらなる》[8]マデ、朝恩ヲ蒙《かうむ》ル事、身ニヲヒテ頗《すこぶ》ル過分也。其《そ》ノ重キ事ヲ論ズレバ、千顆《せんくわ》万顆《ばんくわ》ノ玉ニモ越《こえ》、其ノ深キ色ヲ案ズルニ、一入再入《いちじふさいじふ》ノ紅ニモ過タルラン。然者《しかれバ》

1 誅ウツ（類聚名義抄）
2 ブサゥ Busŏ（日葡辞書）
3 以下、聖徳太子の十七箇条憲法第十条から抄出したものと思われる。岩波古典大系日本書紀を参照して、底本本文の訓読文を示すと次のようになる。
「人皆心有り。心各執れること有り。彼是《よみ》すれば我は非《あしみ》す、我是《よみ》すれば彼は非《あしみ》す。是《よ》く非《あし》き理《ことわり》、誰《たれ》か能く定むべけむ。相共に賢愚なり。環《たまき》の端無きが如し。是《ここ》を以て、彼人《かれひと》瞋《いか》ると雖《いふと》も、還りて我が失《あやまち》を恐れよ。」
4 長門本「しかるを御運いまた尽きさるによて」
5 猥ミタリカハシ（伊呂波字類抄）
6 以下、訓読文を示す。
「父命を以て王命を辞さず、王命を以て父命を辞す。家事を以て王事を辞さず、王事を以て家事を辞す。」
7 「叙」に声点④
8 長門本「つらなるまて」

重盛、君ノ御方へ参候ハヾ、命ニ替リ、身ニ代ラント、契深キ恥アル侍、二百余人ハ相従ヘテ候。此《この》者共ハ、ヨモ捨候ハジ。遠ク例ヲバ求ルニ及バズ、正《まさし》ク御覧ジ、見候シ事ゾカシ。保元逆乱《ほうげんのげきらん》之時、関白殿ハ内裏ニ候ハセマシ〳〵、弟ノ左大臣殿ハ新院ノ御方ニ候給ニ、[1]陸奥判官為義ハ新院ノ御方へ参リ、子息下野守義朝ハ内裏ニ候テ合戦ス。兵《つはもの》イクサ事終ヘテ後、大炊殿ハ戦場ノ煙ノ底ニナリニシカバ、左府ハ流矢ニ中《あたり》テ命ヲ失ヒ、新院ハ讃州へ配流セラレサセ給ヌ。其《その》後、大将軍為義ハ出家入道シテ、義朝ヲ憑《たの》ミ、顕《あらは》レ、手ヲ合《あはせ》テ来リシカバ、勲功ノ賞ヲ進《まゐら》セ上《あげ》テ、父ガ命ヲ平《ひら》ニ申シヽカドモ、正ク君ヲ射《イ》奉ル罪、依テレ難《がたき》ニレ遁《のがれ》、死罪ニ定リシヲ、人手ニカケジトテ、義朝ガ朱雀ノ大路ニ引出シテ、頸ヲ切候シヲコソ、同《おなじき》勅命ノ難《そむきがた》レ背サト申ナガラ、悪逆無道《あくぎやくぶたう》之至《のいたり》、口惜キ事哉《かな》トコソ、昨日マデモ見聞《みきき》候シニ、今日ハ重盛ガ身ノ上ニナリヌトコソ覚《おぼえ》候へ。君打勝《うちかた》セ給候ハヾ、彼《かの》保元ノ例ニ任《まかせ》テ、重盛、五逆罪ノ一分《いちぶ》犯シ候ヌト覚候コソ、兼テ心憂ク覚候へ。

悲《かなしき》哉《かな》、君ノ御為ニ忠ヲ致《いたさん》[2]トスレバ、迷盧《めいろ》八万《はちまん》ノ頂《いただき》猶《なほ》下レル父ノ御恩ヲ忽《たちまち》ニ忘レナントス。痛《いたましき》哉《かな》、不孝《ふけう》ノ罪ヲ遁レントスレバ、蒼海万里《さうかいばんり》之《の》底猶《なほ》浅キ君ノ御為ニ不忠《ふちう》ノ逆臣《ぎやくしん》トナリヌベシ。是《これ》ト申《まうし》、彼《かれ》ト云《いひ》、思《おもふ》ニ無益《むやく》ノ事ニテ候。只《ただ》末代ニ生《しやう》ヲ受テ、カヽル憂目《うきめ》ヲ見ル、重盛ガ果報ノ程コソ口惜《くちをしく》候ヘ。サレバ、所二申請《まうしうくる》一、猶《なほ》御承引《しようゐん》ナクシテ、御院参可レ有《あるべき》ニテ候ハヾ、先《まづ》重盛ガ首ヲ被レ召《めされ》候ベシ。所詮《しよせん》、院中ヲモ守護スベカラズ。又、御供ヲモ仕《つかまつる》ベカラズ。所ハ二申請《まうしうくる》一、只《ただ》首ヲ可[3]ニレ被レ召アリ。今思召《おぼしめ》シ合セサセ御《お》ハシマシ候ヘ。御運ハ一定《いちぢやう》末ニナリテ候ト覚《おぼえ》候。人ノ運ノ末ニ臨《のぞ》[4]ム時、加様《かやう》ノ謀《はかりこと》ハ思立《おもひたつ》事ニテ候ナルゾ。

老子ノ書《かき》ヲカレテ候詞《ことば》コソ思合《おもひあはせ》ラレ候ヘ。『功名称遂《こうみやうカナヒとげ》テ、不二退一レ身避《ノガレ》レ位ヲ、即《すなはち》遇《あふ》二於害一ニ』ト云《いへ》リ。彼《かの》[5]勲蕭何《せうが》[6]ハ大功ヲ立ル事、傍輩《はうばい》ニ越《こえ》タルニ依テ、官大相国ニ至リ、剣ヲ帯シ、沓ヲハキナガラ、殿上《てんじやう》ニ昇ル事ヲユルサレタリキ。然而《しかれども》[7]叡慮ニ背《そむく》事有《あり》シカバ、高祖重ク誡《いましめ》テ、庭尉《ていい》[8]ニオロサレテ罪セラ

1 底本虫損。「ヒ」とも読みうる。
2 長門本「いたさんとすれは」
3 盛衰記「召ルヘキニアリ」
4 長門本「のそむ時こそ」
5 底本のまま。長門本も「勲」とするが、盛衰記のように「漢ノ」とあるべきであろう。
6 「蕭何」の当字
7 長門本「しかれとも」
8 「廷尉」の当字

ル。論語ト申ス文ニハ、『郊《クニ》ニ無レ道《みちなき》時、富且貴《とみかつたふとき》恥《ははぢなり》』ト云文《いふ》アリ。加様《かやう》ノ先《せん》[1]蹤《じよう》ヲ思合《おもひあはせ》候ニモ、御福貴《ふつき》ト云《いひ》、御栄花ト云、朝恩ト云、重職《ぢうしよく》[2]ト云、一方ナラズ極メマシ〳〵テ、年久《ひさしく》ナリヌレバ、御運ノ尽ントテモカタカルベキニ非ズ。『富貴ノ家、禄位《ろくゐ》重畳《ちようでふ》スルハ、猶《なほシ》ゴトシ二再実《さいじつ》之木一ノ。其《その》根必《かならず》傷《いたむ》』トモ云ヘリ。心細クコソ覚《おぼえ》候ヘ。イツマデカ命生《いき》テ、乱レヌ世ヲモ見候ベキ。只トク〳〵首《かうべ》ヲ刎《はね》ラレ候ベシ。侍一人ニ仰テ、只今御壺《つぼ》ニ引出《ヒキ》サセ給テ、首ヲ刎ラレム事、ヨニ安キ事ニテコソ候ハンズレバ、是《これ》ハ殿原イカヾ思給《おもひたまふ》」トテ、直衣《なほし》ノ懐《ふところ》ヨリ、タヽウ紙取出《とりいだし》テ、鼻打カミ、サメ〳〵ト泣々《なくなく》宣フ。一門ノ人々ヨリ始テ、侍共ニ致《いた》[3]ルマデ、皆鎧ノ袖ヲゾヌラサレケル。

「イカニ御用《もち》ィナクトモ、叶《かなは》ザランマデモ、各《おのおの》ノ加様ノ事ヲバ可レ被レ申《まうさるべき》ニテコソ候ニ、諫メ申サルヽマデコソ候ハズトモ、先与《まづくみ》シガマシク御物具《もののぐ》カタメラレ候事、且《かつ》ハ軽々《きやうきやう》[4]異体《いてい》ノ物狂《ものぐるは》シキ有様、御振舞共哉《どもかな》。カクテハ世ヲ持《たも》チ、子々孫々繁昌シテ、家門之栄花、末憑《たの》ミ無《なく》コソ覚《おぼえ》候ヘ」ト宣ケレバ、弟ノ右大将、赤面シテ、スクミ返テ、汗水ニナラレケリ。事ノ外《ほか》ニワロクゾ被レ見《みえられ》ケル。

入道モサスガ石木《いはき》ナラネバ、道理ニツマリテ返事モシ給ハズ。体《すがた》[5]ノハヅカシサニ、障子ノ奥ヘスベリ入テヲハシケルガ、内府ノ既ニ立給ケルヲ見テ、シラケヌ体《てい》ニ、「哀《あはれ》、キ、タル殿ノ口カナ。ワ殿モ説法シ給フ。暫《しばら》クオハセヨカシ、入道モ説法シテ、聞セ申サム」トゾ宣ケル。

内大臣ハ、中門ノ廊ニ立出テ、サモ可レ然《しかるべき》侍共ニアヒテ宣ケルハ、「重盛ガ申ツル事ハ各《おのおの》キカズヤ。サレバ院参ノ御共ニ於《おい》テハ、重盛ガ頸ノ切《きら》レンヲ見テ後、仕《つかまつる》ベシト覚《おぼゆ》ルハイカニ。今朝ヨリ是《これ》ニ候テ、叶ハザランマデモ諫《いさめまうさ》申バヤト存《ぞんじ》ツレドモ、是等ガ体《てい》、余リニヒタアハテニ見ヘツル時ニ、帰リタリツル也。今ハ不レ可レ有レ所レ憚《はばかるところあるべからず》。首ヲ可レ被レ召《かうべめさるべし》ト申《まうし》ツレバ、其旨《そのむね》ヲコソ存ゼメ。但シ未《いま》ダサモ仰《おほせ》ラレヌハ、イカナルベキヤラン。サラバ人参レ」トテ、小松殿ヘゾ被レ帰《かへられ》ケル。

1 先蹤センジョウ（文明本節用集）
2 ヂュウショク Giŭxocu（日葡辞書）
3 「至」の当字
4 底本には「軽」の下に虫損あり。踊り字「々」と思われる痕跡あり。
5 長門本「すかた」

十九　重盛軍兵被集事　付周幽王事

内大臣、帰リハテラレケレバ、盛国ヲ使ニテ、「重盛、別《べつし》テ天下ノ大事ヲ聞出シタル事アリ。我ヲ我ト思ハン者共ハ、忩《いそ》ギ物具《もののぐ》シテ参ルベシ。此《これ》ニテ重盛ニ志ノ有無《ありなし》[1]ハ可レ見《みるべし》」ト被レ催《もよほされ》ケレバ、是ヲ聞テ、「少《おぼろけ》[2]ノ事ニハサハギ給ハヌ人ノ、カヽル仰《おほせ》ノ有ルハ」トテ、侍共、入道ニハカクトダニモ申サデ、我先《われさき》ニトゾ馳参《はせまゐり》ケル。夜アケニケレバ、洛中ノ外《ほか》、白川、西京《にしのきやう》、鳥羽、羽束志《はつかし》、醍醐、小栗巣《をぐるす》、勧修寺《くわんじゆじ》、小原、志津原《しづはら》、瀬料《せれう》[3]ノ郷《さと》[4]ニアブレ居タリケル、侍、郎等、古入道《ふるにふだう》マデモ、次第ニ聞伝《ききつたへ》々シテ、或ハ馬ニ乗《のる》モアリ、乗《のら》ヌモアリ、或ハ鎧キテ、未《いま》ダ甲《かぶと》ヲキヌ者モアリ、或ハ弓持テ、矢負《おは》ヌ者モアリ、或ハ矢ヲ負テ、弓ヲトラヌ者モアリ。加様《かやう》ニ我《われ》劣ラジト馳集《はせあつまり》ニケレバ、西八条ニハ、青女房《あをにようばう》、古尼公《ふるあまぎみ》、自《おのづから》筆取《ふでとり》ナンドゾ少々残《のこり》タリケル。弓馬ニ携ル程ノ者ハ一人モナカリケリ。入道宣ケルハ、「内府ハナニト思テ、是等《これ》ヲバ呼取《よびとる》ヤラン」

トテ、ヨニ心得ズゲニテ、腹巻ヌギ置テ、素絹《そけん》ノ衣ニ袈裟《けさ》打懸テ、梃行道《えんぎやうだう》シテ、心モ発《おこら》[5]ヌ念誦《ねんじゅ》シテ、ウソ打吹テ、内府ニ中違《なかたがひ》テモヨキ大事ヤトゾ被レ思《おもはれ》ケル。

小松殿ニハ、盛国ガ奉《うけたまはり》[6]ニテ、侍ノ着到付《ちやくたうつけ》ケリ。侍三千余人、郎等、乗替トモナク、凡《およそ》ノ勢二万七千八百余騎トゾ注《しる》シケル。内大臣ハ、着到披見《ひけん》ノ後、侍共ニ対面シテ宣ケルハ、「日来《ひごろ》[7]ノ契約不レ違《たがへず》、カヤウニ馳《はせ》参リ合タルコソ返々神妙《かへすがへすしんべう》ナレ。重盛、不思議ノ事ヲ聞出《ききいだし》タリツル程ニ、俄《にはか》ニカクハ催シタリツルナリ。サレドモ其《その》事聞《きき》ナヲシツ。僻事《ひがこと》ニテ有ケリ。トク〳〵罷《まかり》帰ラレヨ。自今以後《じごんいご》[8]モ、是《これ》ヨリ催《もよほさ》ンニハ参《まゐる》ベシ。返々本意《ほい》ナリ」トテ、皆被レ返《かへされ》ケルガ、又宣ケルハ、「是ニ事ナケレバトテ、後ニ遅参有《ある》ベカラズ。異国ニモサルタメシ有ケリ。

昔[9]、唐国ニ、周幽王ト云《いふ》帝オハシケリ。后ヲバ褒氏トゾ申ケル。此《この》后、生《しやう》ヲ受給テヨリ以来《このかた》、咲《わらひ》給ハズ。帝、此后ヲ寵愛シ給ケル余《あまり》ニ、イカニシテエ

1 長門本「ありなし」
2 少オボロケ（類聚名義抄）。長門本「おほろけにては」
3 「芹生」の当字
4 底本「卿」を改める。
5 長門本「心もおこらぬ」
6 奉ウケタマハル（類聚名義抄）
7 長門本「ひころのけいやくたかへす」、覚一本「日来の契約をたがへず」、屋代本「日来汝等重盛ニ中置シ詞ノ末タカハスシテ」
8 ジゴンイゴ Igonigo（日葡辞書）
9 底本もここで改行する。

マセ奉ラント、種々ノ態《わざ》ヲシ給ケレドモ、ツイニエミ給ハズ。或《ある》時、天下ニ事出テ、烽火ヲ上《あげ》、時ヲ作テ、甲冑《かつちう》ヲヨロヘル武者、宮城《くじやう》[1]ニ充満セリ。是ヲ見給テ、后初《はじめ》テエミ給ヘリ。烽火トハ大国ノ習《ならひ》、都ニ騒事出来《さわぐこといでき》ヌレバ、諸国へ兵ヲ召《めさ》ムトテハ、烽火燈爐《とうろ》ト名《なづけ》テ、火輪ヲ飛ス術ヲシテ、王城ノ四方ノ[2]高嶺《たかきみね》峯《みね》ニトボシテ、諸国ノ兵ヲ召《めす》也。又ハ統天輪《トウてんりん》[3]トモ名タリ。此《この》烽火出《いで》キヌレバ、都ニ事出キタムナリトテ、国々ノ兵、城ヘ馳《はせ》[4]参ル。是ヲ飛火《とぶひ》トモ名タルニヤ。其《その》後、常ニ后ヲエマセ奉ラムトテ、烽火ヲ上《あげ》、時ノ声ヲ作シカバ、諸国ノ官軍、馳参タリケレドモ、カヽル謀《はかりこと》ナリケレバ、各《おのおの》本国へ帰《かへり》ニケリ。東山《とうざん》へ行《ゆく》官軍ハ、千里ノ道ニ小馬ヲハヤメ、西国《さいこく》へ趣《おもむ》クセムダ羅《ら》ハ、八《や》重《への》塩路ヲ陵《しのぎ》[5]ケリ。南北ノ国々モ又如レ此《かくのごとし》。或《ある》時、戎軍《えびすのいくさ》ヨセテ、幽王ヲ滅《ほろぼ》サントシケルニ、先々《さきざき》ノ如ク烽火ヲ上《あげ》、時ノ声ヲ合セシカドモ、諸国ノ官兵等、例ノ后《きさ》キエマセ奉ラン料《れう》ニテゾ有ラントテ、一人モマヒラザリケレバ、幽王忽《たちまち》ニ滅ビ給テケリ。褒氏ヲバ戎ノ軍取テ帰リヌ。其《それ》ヨリ美人ヲバ傾城トゾ名《なづ》ケタル。『城《みやこ》[6]

ヲ傾《かたぶく》』ト云読《いふよみ》アリ。此《この》読ヲバ、当初《そのかみ》[7]ハ誡《いましめ》ラレケレドモ、当世《たうせい》都ニハ猶傾城《なほけいせい》トゾヨバレケル。彼《かの》后、後ニハ尾三アル狐ニナリテ、古キ塚へ逃去《にげさり》ニケリ。狐ノ、女ニバケテ、[8]人ノ心ヲタブラカスト云《いふ》事ハ、本説アル事ニヤ。思合《おもひあは》スベシ」トゾ宣ケル。

内大臣、実《まこと》ニハサセル事モ聞出《ききいだ》サレザリケレドモ、父ノ入道ヲ諫《いさめ》申サレツル詞《ことば》ニ随テ、我身ニ勢ノ付《つく》歟《か》、付《つか》ヌ歟ノ程ヲモシリ、且《かつ》ハ又、父ト軍《いくさ》ヲセムトニハ非ズ、父ノ謀叛ノ心ヲヤ思《おもひ》宥《なだめ》給トノ謀《はかりこと》ナルベシ。内大臣ノ存知《ぞんち》之《の》旨《むね》、文宣公ノ宣ケルニ違《たが》ハズ。君ノ為ニハ忠アリ、父ノ為ニハ孝アリ。哀《あはれ》、ユ、シカリケル人カナ。

法皇、此《この》事ヲ聞《きこしめし》召テ、「今ニ始メヌ事ナレドモ、重盛ガ心ノ中コソ恥《はづか》シケレ。『讎《アタ》ヲバ以《もつて》レ恩ヲ報ゼヨ』ト云《いふ》文アリ。丸《まろ》ハハヤ讎ヲバ恩ニテ報ゼラレニケリ」ト仰《おほせ》アリケルトゾ聞ヘシ。

1 宮城クシヤウ（黒川本色葉字類抄）
2 盛衰記「四方ノ嶽々峯々ニ」
3 「統」「天」に声点⑤
4 類聚名義抄に見えるが、未詳とする。長門本「馳参」。文脈からは「はせ」と読みうる。
5 「淩」の当字
6 城ミヤコ（類聚名義抄）
7 当初ソノカミ（伊呂波字類抄）
8 「ハ」声点⑧、「ケ」「テ」声点⑤

廿　西光頸被切事

左衛門入道西光ヲバ、其《その》夜、松浦太郎重俊ニ仰《おほせ》テ、朱雀ノ大路ニ引出《ひきいだ》シテ首《かうべ》ヲ刎《はね》ラル。郎等三人同《おなじ》ク切ラレニケリ。西光ハ、三位中将知盛ノ乳母人、紀伊二郎兵衛為範ガ舅《しうと》ナリケレバ、知盛、二位殿ニ付《つき》奉テ、タリフシ被レ申《まうされ》ケリ。為範モ、「人手ニ懸《かけ》候ハンヨリモ、申預《まうしあづかり》候テ誡《いましめ》候ハン」ト再三申《まうし》ケレドモ、終《つひに》叶ハズ切《きら》レニケレバ、三位中将モ為範モ世ヲ恨《うらみ》テ、サバカリノ騒動ナリケレドモ、指《さし》モ出《いで》給ハザリケリ。

廿一　成親卿流罪事
付鳥羽殿ニテ御遊事
成親備前国へ着事

二口、成親卿ヲバ、夜漸《やうやく》アクル程ニ、公卿《くぎやうの》座ニ出シ奉テ、物マヒラセタリケレドモ、胸モセキ、喉モフサガリテ、聊《いささか》モメサレズ。ヤガテ追立《おつたて》ノ官《くわん》人《にん》参テ、車指寄《さしよせ》、「トク〳〵」ト申ケレバ、心ナラズ乗給ヌ。御車ノ簾ヲ逆《さかさま》[1]ニ懸テ、後《うし》ロサマニ乗《のせ》奉テ、門外ヘ追出《ついしゆつ》ス。先《ま》ヅ火丁《くわちやう》一人、ツトヨリテ、車ヨリ引落シ奉テ、祝《はふり》[2]ノシモトヲ三度アテ奉ル。次ニ看督長《カドノをさ》[3]一人ヨリテ、殺害《せつがい》[4]ノ刀トテ、[5]二刀突《ツク》マネヲシ奉ル。次ニ山城判官季助、宣命《せんみやう》ヲ含《ふくめ》奉ル。カヽル事ハ、人ノ上ニテモ、未《いまだ》御覧ジ給ハジ、増《まし》テ御身ノ上ニハ、イツカハ習《ならひ》給ベキト、御心ノ内、押《おし》ハカラレテ哀《あはれ》也。門外ヨリハ軍兵数百騎《すひやくき》、車ノ前後ニ打カコミテ、我方《わがかた》サマノ者ハ一人モナシ。イカナル所ヘ行《ゆく》ヤランモ、知《しら》スル人モナシ。「内大臣ニ今一度遇《あひ》申サデ」トヲボシケレドモ、其《それ》モ叶ハズ。身ニソヘル物ハ、尽セヌ涙計《ばかり》ナリ。朱雀ヲ南ヘ行《ゆき》ケレバ、大内山ヲ顧《かへり》ミテモ、オボシ出《いづ》ル事多カリケル中ニモ、カクゾ思《おもひ》ツヾケラレケル。

極楽ト思フ雲井ヲ振《ふり》ステヽ、ナラクノ底ヘイラン悲シサ

鳥羽殿ヲ過給ヘバ、年来《としごろ》仕《つかへ》奉リシ舎人《とねり》、牛飼共ナミイツヽ、涙ヲ流スメリ。「余所《よそ》ノ者ダニモカクコソアルニ、増《まし》テ都ニ残《のこり》留《とどま》ル者共、何計《いかばかり》悲《かなし》カルラン。我《われ》世ニ有シ時、従《したがひ》付《つき》タリシ者、一二千人モ有ケンニ、一人ダニモ身ニソフ者モナクテ、今日ヲ限《かぎり》テ都ヲ出《いづ》ルコソ悲シケレ。重キ罪ヲ蒙《かうぶり》テ、遠キ国ヘ行《ゆく》

1 長門本「さかさまに」
2 祝ハフリ神官也（伊呂波字類抄）
3 看督長カドノヲサ（下学集）
4 セツガイ Xetgai（日葡辞書）
5 底本「トテ」と「二刀」の間に一文字分の空白あり。

者モ、人一人具セヌ事ヤハ有《ある》」ナンド、サマ〴〵ニ独リ言ヲ宣テ、声モ惜マズ泣《なき》給ヘバ、車ノ尻先《しりさき》ニ近キ兵《つはもの》ハ、鎧ノ袖ヲゾヌラシケル。鳥羽殿ヲ過給ヘバ、「此《この》御所ヘ御幸ノ成シニハ、一度モハヅレザリシ物ヲ」ナンド覚シテ、我《わが》内ノ前ヲ通リ給ヘバ、[1]ヨソモ見入《みいら》デスギ給《たまふ》モ哀《あはれ》也。南門ヲ出ヌレバ、河鰭《かはばた》[2]ニテ、「御船ノ装束トク」トイソガス。「コハイヅクヘヤラム。失ハルベクハ、只此《ただこの》程ニテモアレカシ」トオボスモ、責《せめ》テノ悲シサノ余《あまり》ニヤ。近ク打タル武士ヲ、「是《これ》ハタソ」ト問給ヘバ、「経遠」ト名乗リケリ。難波二郎ト云《いふ》者ナリケリ。「若此《もし》程ニ我《わが》ユカリノ者ヤアルト尋テムヤ。船ニノラヌサキニ云置《いひおく》ベキ事ノ有ゾ」ト宣ケレバ、「其ノ辺《あたり》近キ当リヲ打廻《うちめぐり》テ尋ケレドモ、答ル者ナシ」ト申ケレバ、「世ニ恐《おそれ》ヲナシタルニコソ。ナジカハユカリノ者ナカルベキ。命ニモ代ラムト云契《いひちぎり》シ者、一二百人モ有ケム者ヲ。余所《よそ》ニテモ我有様《わがありさま》ヲミムト思《おもふ》者ノナキコソ口惜シケレ」トテ、涙ヲ流シ給ヘバ、武《たけ》キ物《もの》ノ武《ふ》ナレドモ、哀《あはれ》トゾ思ケル。

大納言、御船ニ乗給テ、鳥羽殿ヲ見渡シテ、守護ノ武士ニ語リ給ケルハ、「去《さんぬる》永万之比《ころ》、法皇、アノ鳥羽殿ヘ御幸アテ、終日《ひねもす》ニ御遊《ぎよいう》有キ。四条大政大臣師長、御琵琶ノ役ヲ勤《つとめ》ラル。源少将正賢、御笛ノ役ニ参《さん》ゼラル。葉室《ハムロ》ノ中納言俊賢、篳篥《ひちりき》ノ役ニ参リ給キ、楊梅《やうばいの》三位顕親、笙《しやうのふえ》笛ヲ仕《つかまつ》リ、盛定、行実、打物ヲ勤ラル。カヽリシカバ、宮中澄渉《すみわた》リ、群集《くんじゆ》ノ諸人《しよにん》、感涙ヲ催シキ。調子盤渉調《ばんしきでう》[3]ニテ、万秋楽《まんじうらく》ノ秘曲ヲ奏セラレシニ、五六ノ帖《でふ》[4]ニナシカバ、天井ノ上ニ琵琶ノ音、風《ほのか》[5]ニ聞ユ。絃々掩抑《げんげんえんよく》[6]トシテ声々《こゑごゑ》ノ思《おもひ》アリ。閑関《かんくわん》タル鶯語《あうご》ハ、花ノ下ニナメラカニ、幽咽《いうえつ》タル泉流ハ、氷ノ下ニナヅメリ。嘈々《さうさう》タル大絃ハ、村雨トゾ覚ヘシ。竊々《せつせつ》タル小絃ハ、秘語《ひご》[7]ニ似タリシカバ、着座ノ人々ハ各《おのおの》色ヲ失フ。君ハ少《すこし》モ騒セ給ハズ、成親、其《その》時四位少将ニテ、末座ニ祗候《しこう》シタリシヲ被《め》レ召《され》テ、『何《いか》ナル人ゾ』ト尋《たづね》申《まうす》ベキ由、被二仰下《おほせくだされ》一シカバ、成親、畏《かしこまり》テ天井ニ向《むかひ》テ、『君ハ何ナル人ニテ渡ラセ給ゾ』ト、院宣ノ趣《おもむき》ヲ申タリシカバ、『我ハ住吉ノ辺ニ候《さうらふ》拯也《じよう》』ト答テ、ヤガテ琵琶ノ音モセズ、答ル人モ失《うせ》タリキ。

1 長門本「いまはよそに見入て過給も哀也」
2 長門本「河原」、盛衰記「河ノ耳《ハタ》」。底本「鰐」は「鰭」の誤りか。「鰭ハタ」（類聚名義抄）とある。
3 底本「盤渉」の「ハンショウ」のルビを改める。盤渉調ハンシキテウ（伊呂波字類抄）
4 長門本「なりしかは」。底本は「ナリシカバ」の「リ」の脱落、あるいは促音便か。
5 風ホノカナリ（類聚名義抄）
6 以下三行は、白氏文集巻十二「琵琶行」による。
7 「琵琶行」では「私語」とする。

住吉大明神ノ御影嚮《やうがう》有ケルニヤ。諸人、身ノ毛竪《いよだち》[1]ケルホドニ、池ノ汀《みぎは》ニ、赤《あかき》鬼《おに》、青裩《あをきほう》ヲカキテ、扇ヲ三本結ビ立《たて》タリ。御遊ノ楽ニメデ給テ、住吉ノ大明神ノカケラセ給ケルニコソ。其《それ》ヨリシテゾ、スハマ殿ヲバ住吉殿トモ申ケル。

彼《か》ノ師長公ノ琵琶ハ、神慮ニモ相応ノ勝事《しようし》多《おほか》リケル中ニ、或《ある》年、天下旱魃《かんばつ》之《の》間、諸寺諸山ノ浄行《じやうぎやう》持律《ぢりつ》ノ僧等ニ仰セテ、雨ノ御祈《いのり》有ケレドモ、露ダニモヲカズシテ、人々不覚シ給タリケルニ、此《こ》ノ大政大臣、日吉ノ社ニ参籠セラレ[2]テ祈精《きせい》[3]アリ。種々ノ秘曲ヲ弾《だんじ》給ヒタリケレバ、忽《たちまち》ニ空書《かき》クモリ、国土ニ雨クダリテ、天下豊饒《ぶねう》[4]ナリキ。

又、源少将正賢ノ吹ケル笛ハ、紅葉ト云名物《いふめいぶつ》也。彼《か》ノ笛ハ、昔《むか》シ住吉ノ大明神、紅葉《もみぢ》ノ比《ころ》、大井河ニ御幸シテ、御遊《ぎよいう》有ケルニ、紅葉面白《おもしろ》クアリケルニ交《まじ》リテ、空ヨリ降リケルヲ取《とら》セオワシマシテ、還御之《くわんぎよの》後、御身ヲ放《はなた》レズシテ、御秘蔵有《ひさうあり》テ、モタセ給タリケルホドニ、内裏守護シテ還御ナルトテ、落《おと》サセ給タリケルヲ、彼ノ正賢ノ先祖ニ、一条ノ左大臣正親公ト申《まうす》人、求《もとめ》テケリ。或《ある》時、正親公夢《まさちかこうのゆめ》ニシメシテ云《いは》ク、『此《この》笛ハ、我《われ》シカ〴〵シテ設《まうけ》タリシヲ、内裏ニテ落シタリキ。秘蔵ノ物也。我ニ返セ』ト仰ラレケレバ、正親公申《まうす》ヤウ、『求《もとめ》得テ後ハ、此《これ》ニ過タル宝ナシト存候《ぞんじさうらふ》時ニ、進《まゐら》スマジク候。ソレニ奇怪ニ被思召《おぼしめされ》候ハヾ、命ヲメセ』ト申《まうし》タリケレバ、『サラバ其《そ》ノ笛ノカハリニ、汝ガ所持ノ唐本《たうほん》ノ法花経ヲ進スベシ』ト被仰《おほせられ》ケレバ、又申《まうす》ヤウ、『笛ハ今生一旦《こんじやういつたん》ノ翫《もてあそ》ビ物、経ハ当来世々《たうらいせぜ》ノ資縁《しえん》ニテ候ヘバ、笛ヲコソ進セ候ハメ』ト申ケルヲ、明神アハレト思食《おぼしめし》テ、経ヲモ笛ヲモメサレザリキ。サテ身ヲ放タズ、弥《いよいよ》宝物ト思テ持タリケルホドニ、内裏焼亡《ぜうまう》[5]ノ時、イカヾシタリケム、落シテ失《うしなひ》テケリ。只事《ただこと》ニアラズ、若《もし》ハ明神ノ召返サレケルニヤ。其後《そののち》設《まうけ》ラレタリケル笛ノ、少《すこし》モタガハザリケレバ、是《これ》ヲモ紅葉《もみぢ》ト名付ク。今ノ笛ハ後ノ紅葉ニテゾ有ケル。カヤウニ難有《ありがたき》人々御坐ケレバ、明神ノ御影響《やうがう》モ理《ことわり》ニコソ覚《おぼえ》シカ。カヽリシ時モ、人コソ多カリシカドモ、成親コソ召ヌカレテ、君ノ御使ヲバシタリシカ。

1 竪イヨタツ（類聚名義抄）
2 底本「ラ」の右に「レ」を傍書。補入と見て本行に入れた。
3 「祈誓」の当字
4 豊饒フネウ（運歩色葉集）。ブニョウ Bunhô（日葡辞書）
5 ジョウマウ Iômŏ（日葡辞書）

簫《せう》、笛《ちやく》[1]、琴《きん》、箜篌《くご》、琵琶、鐃《ねう》、銅鈸《どうばち》、其《その》名区《まちまち》[2]ナレドモ、中道《ちうだう》ノ方便《はうべん》ナリケレバ、皆是本有《みなこれほんう》ノ妙理《めうり》也。惣《すべ》テ生《いき》トシ生《いけ》ル者、イヅレカ音ヲ離レタル。離鴻《りこう》[3]去鴈《きよがん》ノ囀《さへづ》[4]リ、龍吟魚躍《りようぎんぎよやく》ノ鳴《なく》マデモ、或ハ絃ノ源《みなもと》、或ハ管ノ起《おこり》也。声ト、ノヲリヌレバ、君ノ道直《なほき》也。サレバ天子モ楽ヲ用ヒ給テ、雅楽《うた》ノ寮ヲ被レ置《おかれ》テ、[5]朝庭ノ議式ニ備《そなへ》ラル。淳素《ジユンソ》ニ返ル御世ナレバ、安楽ノ音ゾ目出《めでた》キ。余《あま》タノ調《てう》ノ中ニモ、風香調《ふがうでう》コソスグレタレ。今ノ盤渉調《ばんしきでう》ヲバ、琵琶ニハ風香調ト云《いふ》。サレバ妙音大士モ三昧ノ琵琶ヲ取リ、四徳ノ形ヲ備テ、左ノ御手ノ印像ニ[6]深キ故有《ある》トカヤ。抑《そもそも》万秋楽ハ希代《きたい》ノ秘曲、楽家ノ妙調ナル故ニ、神明モコ、ニ降臨シ、仏陀モ是ニ納受《なふじゆ》ス。故ニ則其《すなはちその》道ヲ重ジテ、輙《たやす》ク是ヲ顕《あらは》サズ。次第相承《さうじよう》ヲ訪《とぶら》ヘバ、日蔵上人渡唐《とたう》之時、唱歌《しやうが》ヲ以テ本朝ニ帰テゾ、管絃ニハ移サレシ。弥陀《みだ》四十八願ノ荘厳《しやうごん》ニモ、菩薩是《これ》ヲ翫《もてあそ》ビ、忉利《たうり》三十三天ノ快楽《けらく》ニモ、釈提《しやくだい》是ヲ舞《まひ》カナヅ。実ニ希代ノ楽也。サテモ今ニ朝敵ニ非ズシテ、配所へ向フコソ悲ケレ。住吉ノ大明神助《たすけ》サセ給へ」トテ、声モ惜マズ泣給ヘバ、経遠ヲ始トシテ、多《おほく》ノ武士共、鎧ノ袖ヲゾヌラシケル。熊野詣《まうで》、天王寺詣ナムドニハ、二瓦《ふたつがはら》ノ三棟《みつむね》ニ造《つくり》タル船ニ、次船《つぎのふね》二三十艘付《つき》テコソ有シニ、是ハケシカルカキスヘ屋形ノ船ニ、大幕[7]引[8]《ひき》マワシテ、我方《わが》ザマノ者ハ一人モナクテ、見モシラヌ兵ニ乗具《のりぐし》テ、イヅチトモシラズヲハシケム心ノ内、サコソハ悲カリケメ。今夜ハ大物《だいもつ》ト云《いふ》所ニ着給ヘリ。

新大納言、死罪ヲ被レ宥《なだめられ》テ、流罪ニ定《さだま》リニケリト聞ヘケレバ、サモ可レ然《しかるべき》人々悦《よろこび》アハレケリ。是ハ内府ノ、入道ニ強《あながち》ニ被レ申《まうされ》タリケル故トゾ聞ヘシ。「国有二諫臣一、其国必安。家有二諫子一、其家必正」[9]ト云《いへ》リ。誠ナルカナヤ。此《この》大納言、宰相カ中将カノ程ニテ、異国ヨリ来リタリケル相人ニ遇《あひ》給タリケレバ、「官ハ正二位大納言ニ昇給ベシ。但シ獄ニ入ル相ノヲハスルコソ糸惜《いとほ》シケレ」ト相[10]ジタリケルトカヤ。今被二思合《おもひあはせられ》一テ不思議也。

又、中納言ニテヲハシケル時、尾張国ヲ知《しり》給ケルニ、去《いん》ジ嘉応二年ノ冬比《ふゆのころ》、目代右衛門尉政朝、尾張国ヘ下ルトテ、杭瀬河《くいぜがは》ニ留《とまり》タリケルニ、山門ノ領、

1 笛チヤク（類聚名義抄）
2 区マチ〳〵（類聚名義抄）
3 以下、和漢朗詠集巻上「鶯」の菅三品（菅原文時）作の詩に類句あり。
4 底本「噂」あるいは「轉」のように見えるが、「囀」と見て改めた。
5 「朝廷ノ儀式」の当字
6 「印相」とあるべきところ。
7 底本では「大」の横画部分が虫損によって欠けているため、「人」に見える。
8 底本「募」を改めた。
9 「国に諫臣有れば、其の国必ず安し。家に諫子有れば、其の家必ず正し。」
10 サゥジ、ズル Sôji, zuru（日葡辞書）

美乃国《みのの》平野庄《ひらののしやうの》住人ト事出《いだ》ス事アリケリ。平野庄ノ住人、葛ヲ売ケルニ、彼ノ政朝ガ宿ニテ、直《あたひ》[1]ノ高下ヲ論ジケルニ、後ニハ葛ニ墨ヲ付タリケルヲトガメケル程ニ、互ニ云アガリテ、神人《じにん》ヲ刃傷シタリケル故トゾ聞ヘシ。依《これによりて》レ之、平野庄神人、山門ニ訴ケレバ、同年十二月廿四日、大衆起《おこり》テ、日吉神輿ヲ陣頭ヘ捧テ参ズ。フセカセラレケレドモ叶ハズ。近衛ノ門ヨリ入テ、建礼門ノ前ニ神輿ヲ比《ならべ》[2]スヘ奉リテ、成親卿ヲ被《るざいせられ》二流罪一、目代政朝ヲ禁獄セラルベキ由訴《うつたへ》申《まうし》ケレバ、成親卿備中国ヘ流サレ、目代政朝ヲ獄舎ヘ入《いれ》ラルベキ由ヲ宣下セラル。大納言、既ニ西ノ朱雀ナル所マデ被《いでられ》レ出タリケル程ニ、同廿八日、召返サルト聞ヘシカバ、大衆、成親卿ヲオビタ、シク咒咀《しゆそ》スト聞ヘシカドモ、同廿九日、本位ニ復[3]シテ、ヤガテ中納言ニ成返《なりかへ》リ給《たまふ》。同二年正月五日、右衛門督ヲ兼ジテ、検非違使別当ニナラル。其《その》後モ目出《めでた》ク時メキ栄《さかえ》給テ、去承安二年七月廿一日、従二位シ給シ時モ、資賢、兼雅ヲ越《こえ》給テ、資賢ハ吉キ人[4]、ヲトナニテヲハシキ。兼雅ハ清礼[5]ノ人ナリシニ、越ラレ給《たまふ》モ不便《ふびん》ナリシ事也。是ハ三条殿造進ノ賞ナリ。御移徙《わたまし》ノ日ナリケリ。同三年四月十三日、又正二位シ給フ。今度ハ、中御門《なかのみかどの》中納言宗家卿、越ラレ給フ。去々年、承安元年十一月廿八日、第二《だいにの》中納言ヲ越テ、左衛門督、検非違使別当、権大納言ニ上《あが》リ給フ。加様《かやう》ニ栄《さかえ》ラレケレバ、人嘲リテ、「山門ノ大衆ニハ、ノロハルベカリケル物ヲ」トゾ申《まうし》ケル。サレドモ其積《そのつもり》ニヤ、今カヽル目ヲ見給フゾ怖シキ。神明ノ罰モ人ノ呪咀《しゆそ》モ、疾《とき》モアリ遅《おそき》モアリ、不同ノ事ナリ。

三日、未レ晩《いまダくレざるに》[6]、京ヨリ御使アリトテ、ヒシメクメリ[7]。「既ニ失ヘトニヤ」ト聞給ヘバ、「備前国ヘ」ト云テ、船ヲ可レ出之由《いだすべきよしの》訇《のし》ル。内ノ大臣ノ許《もと》ヨリ御文アリ。「都近キ山里ナムドニ置奉ラント、再三申《まうし》ツレドモ、叶ハヌ事コソ世ニ有甲斐《ある》モ候ハネ。是《これ》ニ付テモ、世中《よのなか》アヂキナク候ヘバ、親ニ先立テ後生ヲ助給ヘトコソ、天道《てんたう》ニハ祈申《いのりまうし》候ヘ。心ニ叶ウ命ナラバ、御身ニモ替《かへ》マホシク思候ヘドモ、叶ハズ。御命計《ばかり》ハ申請《まうしうけ》テ候フ。御心長思召《ながくおぼしめし》候ヘ。程経《へ》[8]バ、入道聞ナヲサル、事モヤトコソ、思給候ヘ」トテ、旅ノ御用意細々《こまごま》ト調《ととのへ》テ奉リ

1 直アタヒ（類聚名義抄）
2 比ナラブ（類聚名義抄）
3 底本「複」を改める。
4 長門本・盛衰記は「古人」。底本の「吉」は「古」の誤りであろう。
5 長門本・盛衰記「清花」。底本「清礼」は誤写であろう。
6 底本「未ニタ晩一レ」
7 底本では、この部分の料紙に混ざり物があるために墨付きが悪く、右側に「ク」と傍書してある。
8 長門本「程へなは」

給ヘリ。難波二郎ガ許ヘモ御文アリ。「穴賢《あなかしこ》、ヲロカニ当リ奉ルナ。宮仕《みやづかへ》ヨク〱スベシ。オロカニ当リ申テ、我[1]ウラムナ」トゾ被《おほせられ》レ仰タリケル。「サバカリ不便《ふびん》ニ思召《おぼしめさ》レタリツル君ヲモ離レ奉リ給テ、少《をさな》キ者共ヲ振捨《ふりすて》テ、イヅチトテ行ラン。今一度都ヘ帰テ、妻子ヲ見ン事有ガタシ。一年《ひととせ》山ノ大衆ノ訴《うつたへ》ニテ、日吉七社ノ御輿《みこし》ヲ振《ふり》奉リテ、已《すで》ニ朝家ノ御大事ニナリテ、ヲビタ、シカリシダニモ、西七条ニ五ケ日コソ有シカ。其《それ》モヤガテ御ユルサレアリキ。是ハ君ノ御誡《いましめ》ニモアラズ、大衆ノ訴ニテモナシ。コハイカニシツル事ゾヤ」ト、天ニ仰ギ、地ニ臥テ、ヲメキ叫《さけび》給ヘドモ甲斐ナシ。

夜モ明《あけ》[2]レバ船ヲ指《さし》出ス。道スガラモ只涙ニノミ咽《むせび》給テ、ハカ〲シク湯水ヲダニモ喉ヘ入《いれ》給ハネバ、ナガラフベシトモ思《おもひ》給《たまは》ネドモ、サスガ露ノ命モキヘハテ給ハズ。日数経《ふる》マヽニハ、都ノミ恋シク、跡ノ事ノミゾ穴倉《おぼつかなく》思《おもひ》給ケル程ニ、備前小島ト云《いふ》所ニ落着《おちつき》給ヘリ。民ノ家ノアヤシゲナル柴ノ編戸ノ内ヘゾ入《いり》給ニケル。後《うしろ》ニハ山、前ハ礒ナレバ、松ニ答フル嵐ノ音、岩ニ摧《くだく》ル波ノ

1　底本「ウ」と「ラ」の間は一文字分空白。前頁注7の部分の裏側にあたる。
2　長門本「明けれは」、盛衰記「明ケレバ」
3　長門本「面かはりせす」。古字書には「貌」を「おも」と読む例は見当たらないが、類聚名義抄には「貌カホ」とあり、また「面子カホハセ」ともあるので、底本の「貌」は「面」と同意とみて、「おも」と読んでおく。
4　長門本「おほくありき」。「余」を「おほし」と読む例は古字書に見当た

声、浦ニ友呼《よぶ》浜千鳥、塩路ヲサ渡ルカモメ鳥、適《たまたま》指入物《さしいるもの》トテハ、都ニテ詠《ながめ》シ月ノ光計《ばかり》ゾ、貌《おも》[3]ガハリモセズ澄《すみ》渡リケル。新大納言父子ニモ不レ限《かぎらず》、誡《いましめ》ラル、人余《あまた》[4]アリキ。

近江入道蓮浄ヲバ、土肥二郎実平預《あづかり》テ、常陸国へ遣ハス。新平判官資行ヲバ、源大夫判官季定預テ、佐土[1]国へ遣ハス。山城守基兼ヲバ、進二郎宗政預テ、淀ノ宿所ニ誡置《いましめおく》。平判官康頼、法勝寺執行俊寛僧都ヲバ、備中国住人妹尾太郎兼康預テ、福原ニ被二召置一《めしおかる》。丹波少将成経ヲバ、舅ノ平宰相ニ被レ預《あづけらる》。

西光ガ嫡子前加賀守師高、同《おなじく》弟左衛門尉師親、其《その》弟右衛門尉師平等、追討スベキ由、大政入道下知《げぢ》[1]シ給ケレバ、武士、尾張国ノ配所、井土田へ下テ、河狩《かはがり》

らないが、巻一には「アマタ」の振り仮名が付されている箇所があり（116ページ）、本巻（74ページ）にも「余タ」とある。ここも「あまた」と読んでおく。

廿二　謀叛ノ人々被召禁事

1　「佐渡」の当字。盛衰記「佐渡」。

廿三　師高尾張国ニテ被誅事

1　ゲヂ Guegi（日葡辞書）

ヲ初テ、遊君ヲ召集テ酒盛シテ、師高ヲヲビキ出《いだし》テ、首ヲ刎《はぬ》ベキ由ヲ支度シタリケル程ニ、五日、師高ガ母ノ許ヨリ、使ヲ下《くだし》テ申ケルハ、「『入道殿、八条殿ヨリ被召取《めしとられ》給ヌ。サリトモ院ノ御所ヨリ尋《たづね》、御沙汰アランズラムト待給シ程ニ、ヤガテ其《その》晩ニ被打《うたれ》給ヌ。尾張ノ公達トテモ不可助給《たすけたまふべからず》。忩《いそ》ギ下テ夢見セ奉レ』ト宣ツル」ト云ケレバ、師高、井戸田ヲバ逃出テ、当国鹿野ト云《いふ》所ニ忍テ居タリケルヲ、小熊郡司[1]惟長、聞付テ、ヨセテ搦《から》メムトシケルニ、師高ナカリケレバ、兵共返ラントシケル所ニ、檀紙ニテ髪ノ垢ヲノゴヒテ捨タル有ケリ。是《これ》ヲ見付テアヤシミテ、猶能々《よくよく》穴グリ求《もとめ》ケル程ニ、民ノ家ニハヅシ[2]ト云《いふ》所アリ。其《それ》ニ隠《かくれ》テ師高ガ居タリケルヲ、求出《いだし》テ、搦メムトシケレバ、自害シテケリ。郎等ニ近平四郎ナニガシトカヤ申《まうし》ケル者、一人付《つき》タリケルモ、同《おなじく》自害シテケリ。師高《もろたかがかうべ》首ヲバ、小熊郡司取テ、六波羅へ献《たてまつ》ル。其骸《そのかばね》ヲバ、師高ガ思ケル鳴海宿《なるみのしゆく》ノ君、手ヅカラ自《みづか》ラ焼《やき》ハブテ、取納《とりをさめ》ケルゾ無慚ナル。西光父子切者《きりもの》ニテ、世ヲ世トモ思ハズ、人ヲ人トモセザリシ余《あまり》ニヤ、指《さし》モヤム事ナクヲハスル人ノ、アヤマチ給ハヌヲサヘ、サマ〲讒奏シ奉リケレバ、山王大師ノ神罰冥罰、立所《たちどころ》ニ蒙テ、時尅ヲ廻《めぐら》サズ、カヽル目ニアヘリ。「サミツル事ヨ〱」トゾ、人々申シアヘリシ。大方ハ、女ト下臈トハ、サカ〲シキ様ナレドモ、思慮ナキ者也。西光モ下臈ノ終《はて》ナリシガ、サバカリノ君ニ召仕《めしつかは》レマヒラセテ、果報ヤ尽タリケム、天下ノ大事引出《ひきいだ》シテ、我《わが》身モカク成ヌ。浅猿《あさまし》カリケル事共也。

1 底本「群」を改める。
2 楒ツシ（文明本節用集）「ツ」に声点⑤、「シ」に声点⑦

廿四　丹波少将福原へ被召下事

廿日、福原ヨリ大政入道、平宰相ノ許ヘ、「丹波少将、是《これ》ヘ渡シ給ヘ。相計《あひはからひ》テイヅチヘモ遣スベシ。都内《みやこのうち》ニテハ猶アシカルベシ」ト宣タリケレバ、宰相アキレテ、「コハイカナル事ニカ。人ヲバ一度ニコソ殺セ、二度ニ殺《ころす》事ヤハアル。日数モ隔《へだた》[1]レバ、サリトモトコソ思《おもひ》ツレ。サラバ中々有シ時、トモカクモ成《なり》タラバ、再ビ物ハ思ハザラマシ。惜《をしむ》トモ叶マジ」ト被レ思《おもはれ》ケレバ、「トク

1 長門本「へたゝらは」、盛衰記「へヌレバ」

〳〵」ト宣テ、少将諸共《もろとも》ニ出給フ。「今日マデモ、カク有ツルコソ不思議ナレ」ト、少将宣ケレバ、北方モ乳母《めのと》ノ六条モ、思儲《おもひまうけ》タル事ナレドモ、今更ニ又モダヘコガル。「猶モ宰相ノ申《まうし》給ヘカシ」トゾ思《おもひ》アヘル。「存ズル所ハ委《くはし》ク申《まうし》テキ。其上加様《そのうへかやう》ニ宣ハムハ不レ及レ力《ちからおよばず》。今ハ世ヲ捨《すつ》ルヨリ外ハ、ナニトカ申ベキ」トゾ宰相ハ宣ケル。「サリトモ御命ノ失《うしなはる》ル程ノ事ハ、ヨモトゾ覚《おぼゆ》ル。イヅクノ浦ニヲハストモ、訪奉《とぶらひたてまつら》ムズル事ナレバ、タノモシク思給ヘ」ト宣ケルモ哀《あはれ》也。少将ハ、今年四歳[1]ニ成給《なりたまふ》男子ヲ持給ヘリ。若キ人ニテ、日来《ひごろ》ハ公達ノユクヘナムド、細《こまか》ニ宣《のたまふ》事モナカリケレドモ、ソモ恩愛ノ道ノ悲サハ、今ハノ期《とき》[2]ニ成ヌレバ、サスガ心ニヤカヽラレケム、「少者《をさなき》、今一度ミム」トテ、呼寄《よびよせ》ラレタリ。若君、少将ヲ見給テ、イトウレシゲニテ取付タレバ、少将カミヲカキナデヽ、「七歳ニナラバ男《をと》コニナシテ、御所ヘ進《まゐら》セムトコソ思シカドモ、今ハ其《その》事云《いふ》甲斐ナシ。頭《かしら》カタク生《おひ》タチタラバ、法師ニナリテ、我《わが》後世ヲ訪《とぶら》ヘヨ」ト、ヲトナニ物ヲ云《いふ》ヤウニ、涙モカキアヘズ宣ヘバ、若君、ナニト聞《きき》ハキ給ハザルラメドモ、父ノ御貌《かほ》ヲ見上給テ、打ウナヅキ給《たまふ》ゾ糸惜《いとほし》キ。是《これ》ヲ見テ、北方モ六条モ臥マロビテ、声モ惜マズヲメキ叫ビケレバ、若君、浅猿《あさまし》ゲニゾヲボシケル。今夜ハ鳥羽マデトテ忩《いそ》ギ給《たまふ》。宰相ハ出立《いでたち》給タリケレドモ、「世ノ恨《うらめ》シケレバ」トテ、此度《このたび》ハ伴《ともなひ》給ハヌニ付《つけ》テモ、弥《いよいよ》心細クゾ思ハレケル。

廿二日、小将福原ニオハシ付《つき》タレバ、妖尾太郎預《あづかり》テ、ヤガテ彼ガ宿所ニスヘ奉ル。我方《わが》ザマノ人ハ一人モ付《つか》ザリケリ。妖尾、宰相ノ返リ聞給ハン事ヲ思ケルニヤ、サマ〴〵ニ労《いたは》リ、志アル様ニ振舞ケレドモ、ナグサム方モナシ。サルニ付《つけ》テモ悲《かなしみ》ハ尽セズ。仏ノ御名ヲノミ唱テ、夜《よ》ル昼泣《なく》ヨリ外ノ事ナシ。備中国妖尾ト云《いふ》所ヘ流スベシト聞ケレバ、少将打案ジテ、「大納言殿ハ備前国ヘト聞ユ。其《そ》ノアタリ近《ちかき》ニヤ。可レ奉二相見一ニハナケレドモ、当《あたり》ノ風モナツカシカリナム」ト宣ヒケルゾ哀ナル。「責テハ、ソナタトダニ知ラン」トテ、妖尾太郎ニ、「我《われ》流サレテ有ムズル妖尾トカヤヨリ、大納言ノオハスル備前国

1 底本「四」の左側に傍線を付し、右側に「三イ」と傍書。
2 期トキ（類聚名義抄）

ノ児島ヘハ、イカ程ノ道ニテ有ラム」ト問《とは》レケレバ、片道僅《わづか》ニ海上三里ノ道ヲカクシテ、「十三日[1]」トゾ申ケル。少将、是ヲ聞テ被《おもはれ》レ思ケルハ、「日本秋津島ハ、昔ハ三十三ケ国ニテ有ケルヲ、後ニ半国ヅヽニ分テ、六十六ケ国トス。サレバ僅ノ小島ゾカシ。中ニモ山陽道《せんやうだう》ニ、サ程ノ大国有《あり》トハキカヌ物ヲ。宰府ヨリ饋《ハラカ》ノ使ノ年々ニ参リシヲ聞シモ、廿日余ナムドコソ聞シカ。備前、備中両国ノ間、イカニ遠クトモ、一二三日ニハヨモスギジ。是ハ我《わが》父ノオハシ所ヲ近シト聞《きく》物ナラバ、文ナムドヤ通ハンズラムトテ、知セジトテ云《いふ》ヨ」ト心得給テケレバ、其後《そののち》ハ、ユカシケレドモ問給ハズ。哀也シ事也。

1　底本には虫損あり。影印本の判読一覧では「十五」とするが、「十三」ではないか。長門本「三十余日」。盛衰記「十三日」。屋代本、覚一本「十二三日」。

廿五　迦留大臣之事

昔、迦留大臣ト申ス人ヲハシキ。遣唐使ニシテ、異国ニ渡テ御《お》ワシケルヲ、何《いか》ナル事カ有ケン、物イハヌ薬ヲクハセテ、五体ニ絵ヲ書テ、額ニ燈カヒヲ打テ[1]、燈台鬼ト名《なづけ》テ、火ヲトモス由聞《きこえ》ケレバ、其《その》御子ニ弼宰相ト申ス人、万里ノ波ヲ凌ギ、他州ノ雲ヲ尋テ見給ケレバ、燈鬼涙ヲ流シテ、手ノ指ヲ食切テ、カクゾ書給ケル。

我是日本花京客　　汝即同姓一宅人
為レ父為レ子前世契　　隔レ山隔レ海恋情[2]　辛《ネンゴロナリ》
経レ年流レ涙蓬蒿宿　　遂レ日馳レ思蘭菊親
形破二他州一成二燈鬼一　　争帰二旧里一棄二斯[3]身一

我は是《これ》日本花京の客　　汝は即ち同姓一宅の人
父と為り子と為る前世の契り　　山を隔て海を隔てて恋情　辛《ねんごろ》なり
年を経て涙を流す蓬蒿の宿　　日を遂《お》ひて思ひを馳す蘭菊の親しみ
形は他州に破れて燈鬼と成る　　争《いかで》か旧里に帰りて斯《こ》の身を棄てむ

ト書タリ。是《これ》ヲ見給ケム宰相ノ心中《こころのうち》、何計《いかばかり》ナリケム。遂ニ御門ニ申請《まうしうけ》テ、

1　燈械トウカイ（黒川本色葉字類抄）
2　底本「海○情　辛《ネンゴロナリ》ー恋」。「恋」の左肩の記号は、「恋」の文字を○の位置へ入れることを示す。
3　底本「期」。この詩は宝物集に見えるが、吉川本宝物集は「斯」、書陵部本宝物集は「此」とする。

帰朝シテ、其悦《そのよろこび》ニ大和国迦留寺ヲ建[1]立スト見タリ。彼ハ父ヲ助ツレバ、孝養ノ第一也。是ハ其《その》詮モナケレドモ、親子ノ中ノ哀サハ、只大納言ノ事ヲノミ悲《かなしみ》テ、アケクレ泣アカシ給ケリ。

1　底本の第63丁ゥ左下に「三」、第64丁ォ右下の欄外に「四」の注記があるが、丁合のためであろう。「建」が63丁ゥの最後、「立」が64丁ォの最初の文字となっている。

廿六　式部大夫章綱事

式部大夫章綱《マサつな》ハ、幡磨ノ明石へ被レ流タリケルガ、増位寺ト云フ薬師ノ霊地ニ百日参籠シテ、都帰《みやこがへり》ノ事ヲ、肝胆ヲ摧《くだき》テ祈申ケル程ニ、百日ニ満ジケル夜ノ夢ノ内ニ、

昨日マデ岩間ヲ閉《とぢ》シ山川ノイツシカタヽク谷ノシタミヅ

ト、御帳ノ内ヨリ詠《えいぜ》サセ給ト見《みえ》テ、打驚テ聞《きけ》バ、御堂ノ妻戸ヲタヽク音シケリ。誰ナルラント聞《きく》程ニ、京ニテ召仕シ青侍ナリケリ。「何《いか》ニ」ト問ヘバ、大政入道殿ノ御免《ゆるし》ノ文」トテ持テ来レリケリ。ウレシナムドハ云計《いふはかり》ナクテ、ヤガテ本尊ニ暇《いとま》申テ出《いで》ニケリ。難レ有《ありがた》カリケル御利生也。

廿七　成親卿出家事
付彼北方備前へ使ヲ被遣事

[1]廿三日、大納言ハ少シ窕《くつろ》[2]グ事モヤ有《ある》ト覚《おぼ》シケレドモ、イトヾ重クノミナリテ、少将モ福原へ召下サルト聞へケレバ、体《すがた》[3]ヲヤツサデ、ツレナク月日ヲスゴサムモ恐アリ。「何事ヲ待《まつ》ゾ。猶《なほ》世ニ有ムト思《おもふ》カ」ト、人ノ思ハンモハヅカシケレバ、「出家ノ志有《あり》」ト、内大臣ノ許《もと》へ申合《まうしあはせ》ラレタリケル返事ニ、「サモシ給ヘカシ」ト宣タリケレバ、出家シ給《たまひ》ニケリ。

大納言ノ北方ノ北山ノスマヒ、又押《おし》ハカルベシ。住《すみ》ナレヌ山里ハ、サラヌダニ物ウカルベシ。イト忍テスマヒケレバ、過行《すぎゆく》月日モ晩《くら》シカネ、明シ煩フサマナリ。女房、侍共モ、其数《そのかず》多カリシカドモ、身ノ捨《すて》ガタケレバ、世ヲ恐レ、人目ヲツヽム程ニ、聞問者《ききとふ》モナカリケリ。源内左衛門信俊ト云《いふ》侍有ケリ。万《よろヅ》情有ケル男ニテ、時々言問《こととひ》奉ル。或晩方《くれがた》ニ尋参《たづねまゐり》タリケレバ、北方、スダレノキハ近ク召テ宣ケルハ、「哀《あはれ》、殿ハ備前児島トカヤへ流サレ給タリケルガ、過

1　欄外の章段番号「廿七」は擦り消してある。
2　窕クツログ（類聚名義抄）
3　体スガタ（類聚名義抄）

ヌル比《ころ》ヨリ、有木《ありきの》別所ト云《いふ》所ニオワシマスト計《ばかり》ハ聞シカドモ、世ノツヽマシケレバ、是《これ》ヨリ人一人ヲモ下《くだ》シタル事モナシ。生《いき》テヤ御《お》ハスラン、死テヤ御ワスラム、其行《そのゆく》ヘモ不ㇾ知《しらず》。未《いまだ》命生テ御ワセバ、指《さす》ガ此当《このあたり》ノ事ヲモ何計《いかばかり》カハ聞《きか》マホシクオボサルラン。信俊、何《いか》ナル有様ヲモシテ、尋参リナムヤ。文一《ひとつ》ヲモ遣シテ、返事ヲモ待見《まちみる》ナラバ、限ナキ心ノ内、少シナグサム事モヤト思《おもふ》ハ、イカヾスベキ」ト宣ケレバ、信俊涙ヲ押《おさへ》テ申ケルハ、「誠ニ年比《としごろ》近ク召仕レ奉シ身ニテ候シカバ、限ノ御共ヲモ仕ルベクコソ候シカドモ、御下《くだり》ノ御有様、人一人モ付進《つきまゐ》ラセ候ベキ様ナシト承候シカバ、不二力及一《ちからおよばず》。罷留《まかりとどまり》候テ、明テモ晩《くれ》テモ、君ノ御事ヨリ外ハ、何事ヲカハ思候ベキ。被ㇾ召《めされ》候シ御声モ耳ニ留《とどまり》、諫《いさめ》ラレ進セシ御詞モ、肝ニ銘《めいじ》テ忘ラレ候ハズ。今此仰《このおほせ》ヲ承ル上ハ、身ハ何《いか》ニ成候トテモ、罷下《まかりくだり》候ベシ。御文ヲ給《たまはり》テ尋参《たづねまゐら》ム」ト申ケレバ、北方、大《おほき》ニ悦《よろこび》給テ、文細《こまか》ニ書テ給テケリ。若君、姫君モ面々ニ、父ノ許ヘノ御事ヅテトテ、書テ給テケリ。

信俊、是ヲ取テ、児島へ尋下テ、預《あづかり》守リ奉ル武士ニ合《あひ》テ、「大納言殿ノ御ユクヘノ穴倉《おぼつかな》サニ、今一度見奉ラントテ、年来《としごろ》ノ青侍ニ信俊ト申《まうす》者、ハル〴〵ト尋進《まゐら》セテ参テ候」ト申タリケレバ、武士ドモ哀《あはれ》トヤ思ケン、ユルシテケリ。参テ見奉レバ、土ヲ壁ニヌリマハシテ、アヤシゲナル柴ノ庵ノ内ナリ。藁[1]ノツカナミト云《いふ》物ノ上ニ、僅《わづか》ニ莚《むしろ》一枚[2]敷テゾスヘ奉リタリケル。御スマヒノ心ウサモサル事ニテ、御体《すがた》サヘ替《かはり》ニケリ。墨染ノ袖ヲ見奉ルニ付テモ、目モクレ、心モ消ハテニケリ。大納言モ、今更悲《かなしみ》ノ色ヲ増給フ。「多《おほく》ノ者共ノ中ニ、ナニトシテ[3]尋来ケルゾ」ト宣《のたまひ》モアヘズ、コボル、涙モ哀也。信俊、泣々《なくなく》北方ノ被レ仰之次第《おほせらるるしだい》、細《こまか》ニ申テ、御文取出テ、マヒラセケリ。大納言入道、是ヲ見給テ、涙ニクレツヽ、水クキノ跡、ソコハカトモミヘワカネドモ、若君、姫君ノ恋悲《こひかなし》ミ給フ有様、我《わが》御身モ又月日ヲ過スベキ様モナク、心細ク幽《かすか》ナル御有様ヲ書ツヾケ給ヘルヲ見給テハ、日来穴倉《おぼつかなか》リツルヨリモ、ゲニイトヾモダヘコガレ給フ。ゲニ理《ことわり》ト覚テ哀也。

1 盛衰記「藁ノ束」。長門本「わらのつかみ」。底本は「藁ノツカナンド云物」の「ン」を「ミ」と見誤ったか。
2 底本「牧」を改める。
3 底本「ナニト○テ」とし「シ」を傍書する。

信俊、二三日ハ候ケルガ、泣々申ケルハ、「カクテモ付《つき》ハテマヒラセテ、御有様ヲモ見ハテ進《まゐ》ラセ候バヤト存《ぞんじ》候ヘドモ、都モ又見ユヅリ進セ候方モ候ハザリツル上、罪深ク、御返事ヲ今一度御覧ゼバヤト覚シメサレテ候ツルニ、空《むなし》ク程ヲ経候ハヾ、跡モナク験《しるし》モナクヤ被《おぼしめされ》二思召一候ハムズラント、心苦《ぐるしく》思遣《おもひやり》進セ候。此度《このたび》ハ御返事ヲ給《たまはり》テ、持参仕《つかまつり》候テ、又コソハヤガテ罷下《まかりくだり》候ハメ」ト申ケレバ、大納言ハ、ヨニ余波惜《なごりをし》ゲニハ思給ナガラ、「誠ニサルベシ。トク〳〵帰リ上レ。但《ただし》汝ガ今コム度《たび》ヲ待付《まちつく》ベキ心地モセヌゾ。イカニモナリヌト聞カバ、後ノ世ヲコソ訪ハメ」トテ、返事細《こまか》ニ書給テ、御グシノ有ケルヲ引ツヽミテ、「且ハ是《これ》ヲ形見トモ御覧ゼヨ。ナガラヘテシモ、ヨモ聞《きき》ハテラレ奉ラジ。コム世ヲコソハ」ト、心細ク書付給テ、信俊ニ給テケリ。

行ヤラム事ノナケレバ黒カミヲ信物《かたみ》ニゾヤルミテモナグサメ

ト書止《かきとどめ》給ヘリ。若君、姫君ノ御返事共モアリ。信俊、是ヲ持テ帰上《かへりのぼり》ケルガ、出《いで》モヤラレズ。大納言モサシテ宣ベキ事ハ皆尽《つき》ニケレドモ、シタハシサノ余《あまり》ニ、度々《たびたび》是ヲ召返ス。互ノ心ノ内、サコソハ有ケメト押ハカラル。

サテモ有ベキナラネバ、信俊、都へ上《のぼり》ニケリ。北山へ参ジテ、北方ニ御返事奉リタリケレバ、北方ハ、「穴《あな》メヅラシ。イカニ〳〵。サレバイマダ御命ハ生《いき》テオワシマシケルナ」トテ、忩《いそ》ギ御返事ヲ引ヒロゲテ見給《たまふ》ニ、御グシノ黒々トシテ有ケルヲ、只一目ゾ見給ケル。「此《この》人ハ、サマカヘラレニケリ」ト計《ばかり》ニテ、又物モ宣ハズ。ヤガテ引カヅキテ臥給ヌ。御ウツリガモ未レ尽《いまダつきざり》ケレバ、指向《さしむかひ》奉リタル様ニハオボサレケレドモ、御主《ぬし》ハ只面影計《ばかり》也。若君、姫君モ、「イヅラ、父御前ノ御グシハ」トテ、面々ニ取渡《とりわたし》テ、泣給《なきたまふ》モ無慚《むざん》也。

信物コソ今ハアダナレ是ナクハカ計《ばかり》物ハオモハザラマシ

トゾ詠ジ給ケル。

大政入道、此《この》事ヲ聞給テ宣ケルハ、「誰《た》ガユルシニテ信俊ハ下リ、大納言ハ本鳥《もとどり》ヲバ切ケルゾ。加様《かやう》ノ事ヲコソ自由ノ事トハイヘ。流《ながし》置タラバ、サテモアラデ、不思議ナリ」トテ、小松ノ大臣ニハ隠シ給テ、経遠ガ許へ、「大納言忩《いそ》ギ失フベシ」トゾ内々宣《のたまひ》タリケル。

[1]丹波少将ヲバ福原へ召取テ、妖尾太郎ガ預《あづかり》テ、備中国へ遣シケルヲ、法勝寺執行俊寛僧都、平判官康頼ヲ、薩摩国鬼海島へ遣シケルニ、此《この》少将ヲ具テ遣シケリ。康頼ハ元ヨリ出家ノ志アリケル上、流罪ノ儀ニ成ケレバ、内々小松殿ニ付奉リテ、人シテ小松殿ノ許へ書ヲカキテ遣シケリ。其状云《そのじやうにいはく》、

[2]已《ニ》暁《ハ》、可《キ》レ趣《ク》二配所《ニ》一之由承候。夫厭二苦縁一者、最《モ》出離生死之終《リ》、遇《コトハ》二災難《ニ》一、歎《ノ》中《ノ》悦《ナルヲ》乎。傾二浄縁一者《ハ》、亦往生極楽之因、受《タル》二人身《ヲ》一、悦《ノ》中《ノ》悦也。抑出家《ハ》自レ昔本望《ナリ》。況《ヤ》於二左遷之今《ニ》一哉。願《ハ》侍《テ》二途中海岸松之下《ニ》一、欲レ払《ント》二薩埵遇《ク》教頭之霜《ヲ》一。其奈《カン》。仍誠惶誠恐謹言。

謹上　小松内大臣殿御右下　　平判官康頼状

已に暁には、配所に趣くべき由承り候ふ。夫《それ》苦縁を厭ふは、最も出離生死の終り、

災難に遇ふことは、歎きの中の悦びなるを。浄縁に傾くは、亦往生極楽の因、人身《にんじん》を受[3]けたるは、悦びの中の悦びなり。抑《そもそも》出家は昔より本望なり。況や左遷の今に於てをや。願はくは途中の海岸の松の下に侍して、薩埵《さつた》の遇教《ぐけう》、頭《かしら》の霜を払はんと欲す。其れいかん。仍て誠惶誠恐謹言。

平判官康頼状

謹上　小松内大臣殿御右下

トゾ書タリケル。小松殿ノ御返事ニハ、

墨ゾメノ衣ノ色トキクカラニヨソノタモトモシボリカネツ、

「ヤサシノ御返事ヤ」トテ、康頼泣々《なくなく》薩摩国ヘゾ趣《おもむき》ケル。摂津国狗林《こまのはやし》ト云《いふ》所ニテ髪ヲ剃テケリ。戒《かい》ノ師ニハ聖音房阿闍梨ト申《まうし》ケル老僧也。領送使シキリニ忩《いそぎ》ケル間、心静《しづか》ニ説戒《せつかい》ナムドモ聴聞セズ。如《かたのごとく》レ形ニ帰戒ノ名字計《ばかり》ヲ受テ、法名聖照トゾ申《まうし》ケル。萌黄《もえぎ》ノ裏ツケタル、ウス香《かう》ノ直垂ヲヌギヲキテ、コキ墨ゾメノ衣ノ色、落ル涙ニシボリアヘズ。サテ出《いで》ザマニ、カクゾ口ズサミ

1　底本もここで改行する。
2　底本では、以下の書状の文言は改行せず。
3　ニンジン Ninjin（日葡辞書）

ケル。

遂ニカクソムキハテヌル世ノ中ヲトクステザリシ事ゾクヤシキ

此《この》判官入道ノ子息ニ、左衛門尉基康トテ、殊ニ親ヲ思フ志《こころざ》シ深キ者有ケリ。忍ビツ、只一人ツキメグリテ、領送使ニ案内ヲ経テ、狗《こま》ノ林マデ門送《かどおくり》シタリケリ。泣々《なくなく》父ニ向テ申ケルハ、「中々只遂《つひ》ノ御別レトダニ思進《おもひまゐら》セバ、一スヂニ思定《さだむ》ル方モ候ナム。生《いき》ナガラカク別レ進スル御行末《ゆくすゑ》ノヲボツカナサ、一日《いちじつ》片時《へんし》モ何《いか》ニシテ思《おもひ》忍ブベシトモ不レ存《ぞんぜず》候。定《さだめ》テサコソオボシメシ候ラメ。島マデコソ候ハズトモ、今一日《ひとひ》モ御共申《ともまうす》ベク候ニ、世ヲ恐レ候程ニ、カヤウニ罷留《まかりとどまり》候也。憑進《たのみまゐらせ》タル父ノ、カヤウニ成セ給候ハン上ハ、必ズシモ身ヲ全《まつたく》スベキニテ候ハネドモ、人ノ心ヲ背キ候テハ、中々御為アシク候ヌト覚《おぼえ》候ヘバ、暇申《いとままうし》テ罷《まかり》帰ラム」トテ、カキモアヘズ、サメ〴〵トゾ泣ケル。判官入道、基康ガ袖ヲ引《ひか》ヘテ、「人ノ身ニハ、愛子《あいし》トテ、同《おなじ》子ナレドモ、殊ニ志《こころざ》シ深キ子アリ。汝ハ入道ガ愛子ニテ、襁褓《むつき》ノ時ヨリ成人ノ今ニ至《いたる》マデ、恩愛ノ志《こころざし》シ未《いまダ》レ尽《つき》ズ。一日モ見ザル時ハ、恋慕ノ情トコメヅラシ。十日廿日送《おくり》タリトテモ、帰《かへら》ム別《わかれ》ガ悲シカラザルベキ歟《か》。人々ノ御覧ズルモ恥シ。余所《よそ》目モミグルシ。ウレシク此《これ》マデ送タリ。早々《はやはや》帰リ給ヘ」トテ、各《おのおの》袖ヲ絞リツヽ[1]、父ハ南ニ向テ行ケバ、子ハ都ノ方ヘゾ行ケル。思切《おもひきり》テハ行ケドモ、尚モナゴリヤ惜カリケム、近キ程ハ互ニミカヘリツヽ、父ハ子ノ方ヲミ返リ、子ハ父ノ方ヲカヘリミケル処ニ、父詞《ことば》ヲバ不レ出《いだサ》、手アゲテ子ヲ招キケリ。基康忩《いそ》ギ打返リタリケレバ、父涙ヲ流シ、良久《ややひさし》ク有テ申ケルハ、「心得サスベキ事ノ有ツルヲ、余《あまり》ノ思《おもひ》ノ深サニ申《まうさ》ザリツルナリ。聖照ガ母儀ノ尼公《あまぎみ》ノ八十有余ニ成《なり》給《たまふ》ガ、蓮台野ノ東ニ紫野ト云《いふ》所ニ、草ノ庵結《むすび》テオハスルゾカシナ。念仏申《まうし》テ、後世菩提ノ勤《つとめ》ヨリ外《ほか》ハ他念ナクシテ、朝《あした》ノ露、暮《ゆふべ》[2]ノ風ヲマタズ、アサガホノ日景《ひかげ》ヲ待《また》ザル如クシテ、今日明日トモ知給ハヌ人ノ、只一人憑《たのみ》給ヘルガ、タケコロヒトシキ子ノ、イツカヘルベシトモ不レ知《しらず》、遠島《とほき》ノ、人モカヨハヌ所ヘ流サレヌト聞給《ききたまふ》物ナラバ、又打憑《うちたの》ム方モナキ所ニ残留《のこりとどま》リ給テ、泣悲《なきかなし》

1 底本は虫損。
2 暮ユフベ（類聚名義抄）

ミ給ハン事、恩愛ノ習《ならひ》、サコソ思《おもひ》給ハムズラメ。サレバ山林ニ交リテ、ソヾロニ泣《なき》カナシミ給ハムホドニ、最後ノ十念ニモ不《レ》及《およばず》シテ、日比《ひごろ》ノ行業《ぎやうごふ》ヲ空《むなし》クナシ給ハン事ノ悲シサヨ。サレバカクトモ申サズ、暇《いとま》ヲモ乞《こひ》奉リ、今一度見モシ、見ヘモシ奉リタカリツレドモ、見奉ル程ニテハ忍《しのぶ》トモ叶マジ。思フ心色ニアラハレテ、問給ハヾ、又何《な》ニトカクシトグベキナラネバ、何《いか》ニモシテ知ラセ奉ラジト思テ出《いで》ツル事ノ、心ニ係《かかり》テ覚ユルゾ。汝モ何《いか》ニモシテ隠シ遂《とげ》ヌベクハ、知ラセ奉ルナヨ。汝帰《かへり》ナバ、紫野ニ参テ申ベキ事ハヨナ、『人ニ讒言セラレテ、大政入道殿ヨリ御不審ヲ蒙テ候之間《さうらふあひだ》、シバラク双林寺ニ籠居シ候也。折ヲ伺テ申披《まうしひらき》[1]候ハンズレバ、大事ハヨモ候ハジ。御心苦ク思召《おぼしめす》ベカラズ。サテモ御往生ノ安心《あんじん》[2]、先々申《さきざきまうし》ヲキテ候シカバ、夢幻《ゆめまぼろし》ト思食《おぼしめし》テ、只ネテモサメテモ無為ノ浄土ニ心ヲ懸《かけ》マシ〳〵、来迎《らいかう》ノ台《うてな》ニアナウラヲ踏ミ[3]給ベシ。決定往生《けつぢやうわうじやう》[4]スベキ人ニハ、臨終ニハ必ズ境界愛《きやうがいあい》ト申《まうす》魔縁来《きたり》テ、或ハ親ト変ジ、夫婦鐘愛《しやうあい》ノ形トモ変ジ、或ハ七珍万宝トモ変《へんじ》テ、娑婆ニ心ヲ留《とどむ》ル事ノ候也。サレバ親ヲ見バヤ、子ヲ見バヤト思フ心ヲバ、魔縁ノ所為ト思食《おぼしめし》テ、只一向《いつかう》ニ西方ニ心ヲ懸サセ給ベシ。若尚《もしなほ》[5]シモ康頼ヲ恋シト思食レム時ハ、一年書注《ひととせかきしる》シテ進《まゐら》セ候シ往生ノ私記ヲ御覧候ベク候』ト能々《よくよく》心得テ申ベシ」トテ、袖モシボル計《ばかり》也。

此《この》紫野ト申《まうす》ハ、蓮台野ノ東ニ蒼々タル小松原アリ。昔、念仏ノ行者侍リキ。常ニ紫ノ雲ノ聳《たなびき》ケルニヨテ、紫野ト名付タリ。今モ求願《ぐぐわん》往生ノ人多ク庵《いほり》ヲ結テ住ケリ。康頼入道ガ母、若クシテ夫ニハ後《おく》レニケリ。偏《ひとへ》ニ往生ヲ求ル志深《ふかく》シテ、蓮台野ノ辺、紫野ノ松ノ木隠《こがくれ》ニ庵ヲ結テ、功徳池《くどくち》ノ流《ながれ》ニ心ヲスマシテゾ侍ケル。少《をさなく》[6]シテハ二親ニヲクレ、成人シテハ夫ニ後《おくれ》キ。又三人ノ子アリ。二人ハ女子ニテ、花ヤカニウツクシカリシカドモ、無常ノ風ニサソハレテ、北亡《ほくばう》[7]ノ露ト消《きえ》ニケリ。老少不定《らうせうふぢやう》ノ堺《さか》ヒナレバ、始テ驚ベキニハアラネドモ、恩愛別離ノ歎《なげき》ニハ、凡聖《ぼんしやう》同《おなじ》ク袖ヲシボル習《ならひ》ニテ、此《この》尼上、懐旧ノ涙カハクマモナシ。

1 披ヒラク（類聚名義抄）
2 アンジン Anjin（日葡辞書）
3 底本では行末まで三字分程度が空白となっている。
4 ケッギャゥ Qetgiô（日葡辞書）
5 底本は虫損が生じているが、「シ」と判読される。
6 少ヲサナシ（類聚名義抄）
7 「北邙」の当字

ムラサキノ草ノイホリニムスブ露ノカハクマモナキ袖ノ上カナ
ト読テ、憑《たの》ム所ハ康頼計《ばかり》コソ有ツルニ、コレカクナテ、再ビ会期《あふとき》[1]ヲ不レ知《しらず》。遠流ノ身ト聞《きき》ナバ、朝暮《あけくれ》[2]ノ行《ぎやう》モ打捨《うちすてら》レテ、往生ノ障《さはり》トナラム事コソ悲ケレ。「相構《あひかまへて》カクシ奉ベシ。汝、入道ヲ哀レト思ハヾ、雪ノ中ニ笋《たかんな》[3]ヲ求ムル志ヲハゲマシテ、紫野ヘ常ニ詣《まゐ》リ、入道ガ没後ヲ訪《とぶらふ》ト思ナシテ、紫野ニテ常《じやう》随給仕《ずいきふじ》ヲモ申ベシ。此《この》事ヨリ外ニハ大事ト思フ歎《なげき》ナシ」トテ、手ヲ合《あはせ》テゾ泣《なき》ケル。基康申《まうし》ケルハ、「御信物《かたみ》トテ、只一人残留《のこりとどま》ラセ給フ祖母《おば》[4]ノ御事ナレバ、仰《おほせ》ヲ蒙《かうぶ》リ侍ラズトモ、争《いかで》カ疎略《そりやく》候ベキ。尤《もつとも》此《この》御遺言、肝ニ銘ジテ難レ忘《わすれがたく》候。罷帰《まかりかへり》候ナバ、ヤガテ常随給仕申ベシ」トテ、各《おのおの》ノ行《ゆき》ワカレニケリ。基康、道スガラ落ル涙ニ目モクレテ、月日ノ光モナキガゴトシ。「有為無常ノ堺ハ、父ニモヲクレ、母ニモ後《おく》レテ、送リヲサメテ帰ル事ハ常ノ習ナレドモ、何《いか》ナル宿報ニテ、基康ハ生《いき》タル父ヲ送《おくり》ステ、帰《かへる》ラム」ト、独リゴトニクドキツヽ、流ルヽ涙、道シバノツユ払《はらひ》モアヘズ。「道ニテ若《もし》失ハレ給ハヾ、屍《かばね》ヲモ誰カ隠スベキ。生ナガラ島ニステラレ給ハヾ、家モ無《なく》シテ何《い》カヾスベキ。飢テヤ死給ハムズラン、コヾヘテヤ失《うせ》給ハムズラン。霜雪フラバ何《いか》ガセム。霰《あられ》フル夜ノ岩ハザマ、塩風ハゲシキ露《つゆの》命ノキヘム事、四大《しだい》ハ日々ニヲトロヘテ、今日ヤ明日ヤト待給ハン事ノ心ウサ。只一度ニワカレナマシカバ、コレホドニチクサニ歎《なげき》ハヨモアラジ」ト思《おもひ》ツヾケテ、馬ニマカセテ帰《かへり》上リケリ。

サテモ成経以下《いげ》ノ人々、世ノ常ノ流罪ダニモ可レ悲《かなしかるべし》、増《まし》テ此《この》島ノ有様、伝《つたへ》聞テハ、各《おのおの》モダヘコガレケルコソ無慚ナレ。道スガラノ旅ノ空、サコソハ哀《あはれ》ヲ催《もよほし》ケメト、ヲシハカラレテ無慚ナリ。前途《せんど》ニ眼《まなこ》ヲ先立《さきだつ》レバ、トク行《ゆか》ム事ヲ悲ミ、旧里《ふるさと》ニ心ヲ通《かよは》スレバ、早ク帰ラン事ヲノミ思《おもひ》キ。或ハ[1]海辺《かいへん》[2]水駅《すいえき》ノ[3]幽《はるか》ナル砌《みぎり》ニハ、蒼波眇々《べうべう》トシテ、恨《うらみ》ノ心綿々《めんめん》タリ。或ハ山館渓谷《さんくわんけいこく》ノ暗キ道ニハ、巌路峨々《がんろがが》トシテ、[4]悲《かなしみ》ノ涙熊々《ゆうゆう》タリ。サラヌダニ旅ノウキネハ悲キニ、

1 期トキ（類聚名義抄）
2 朝暮アケクレ（黒本本節用集）
3 笋タカンナ（伊呂波字類抄）
4 祖母《オバ》 非二伯母一也（易林本節用集）

廿八 成経康頼俊寛等油黄島へ被流事

1 カイヘン Caifen（日葡辞書）
2 水駅スイエキ（色葉字類抄）。長門本「すいたく」
3 長門本「かすかなるみきりには」。幽ハルカナリ（類聚名義抄）。東関紀行に類句が見えるが、群書類従本「或は海辺流水の幽なる砌にいたるごとに」、東大本「或は海辺流水の数かさなるみぎりにいたるごとに」と異同がある。
4 長門本は、岡山大学本「ひるはゆう

〱たり」、国会図書館本「ひるいゆう〱たり」とする。これによれば「悲涙呦々」であろう。底本「熊々《ゆうゆう》」は、鮮やかに光るさまをいう。

深夜ノ月ノ朗《あきらか》ナルニ、夕告鳥《ゆふつげどり》幽《かすか》ニ音信《おとづれ》テ、遊子《いうし》残月《ざんげつ》ニ行ケム函谷《かんこく》ノ有様、思出《おもひいで》ラレテ、悲カラズト云《いふ》事ナシ。

漸《やうやく》日数《ひかず》経《へ》ニケレバ、薩摩国ニモ着《つき》ニケリ。是《これ》ヨリ彼《か》ノ鬼海島ヘハ、日ナミヲ待テ渡ラムトス。鬼界島ハ異名《いみやう》也。惣名《そうみやう》ヲバ流黄島トゾ申ケル。端五島[1]、奥《おき》七島トテ、島ノ数《かず》十二アムナル内、端五島ハ昔ヨリ日本ニ随フ島ナリ。奥七島ト申ハ、未ダ此土人《このどの》ノ渡《わたり》タル事ナシ。端五島ノ中ニ流黄ノ出《いづ》ル島々ヲバ、油黄ノ島ト名付ケタリ。サテ順風有《あり》ケレバ、彼《かの》島ヘ押付《おしつき》テ、端五島ガ内、少将ヲバ三ノ迫《セマリ》ノ北ノ油黄島、康頼ヲバアコシキノ島、俊寛ヲバ白石ノ島ニゾ捨置《すておき》ケル。彼島ニハ白路[2]多《おほく》シテ石白シ。水ノ流《ながれ》ニ至マデ、浪白《しろく》シテ潔シ。カヽリケレバニヤ、白石ノ島ト名付タリ。責テ一《ひとつ》島ニ捨置タラバ、ナグサム方モ有ベキニ、ハルカナル離レ島共ニ捨置ケレバ、悲《かなし》ナムドハ愚《おろか》也。サレドモ、後ニハ俊寛モ康頼モトカクシテ、少将ノ有ケル油黄島ヘタドリ付テ、互《たがひ》ニ血ノ涙ヲ流《ながし》ケリ。

彼《かの》島ハ、島ノマハリ西国廿里ノ島也。其《その》地、乾地ニシテ、田畠《でんばく》[3]モナケレバ米穀モナシ。自《おのづか》ラ渚ニ打ヨセラレタル荒和布《あらめ》[4]ナムドヲ取テ、僅《わづか》ニ命ヲ続計《つぐばかり》[5]也。島ノ中ニ高キ山アリ。嶺ニハ火モヘ、麓ニハ雨降テ、雷《いかづち》[6]鳴事隙《なることひま》[7]ナケレバ、神《たましひ》[8]ヲケスヨリ外ノ事ナシ。冥途ニツヾキタムナレバ、日月星宿《じつげつせいしゆく》ノ下ナリト云《いへ》ドモ、寒暑《カンショ》理《ことわり》ニモ過タリ。薩摩潟ヨリ遥々ト海ヲ渡テ行ク道ナレバ、オボロケニテハ人ノ通《かよふ》事モナシ。自《おのづか》ラ有ル者モ、此《この》世ノ人ニハ不レ似《にず》、色黒《くろく》テ牛ノ如シ。身ニハ毛長ク生《おひ》タリ。絹布ノ類《たぐひ》ナケレバ、着タル物モナシ。男ト覚シキ者ハ、木ノ皮ヲハギテ、ハネカヅラト云《いふ》物ヲシ、褒《たふさぎ》[9]ニカキ、腰ニ巻タレバ、男女《なんによ》ノ形モミヘワカズ。髪ハ空サマヘ生上《おひあがり》テ、天婆夜叉《やしや》[10]ニ異ナラズ。云詞《いふことば》ヲモサダカニ聞ヘズ。偏《ひとへ》ニ鬼ノ如シ。何事ニ付テモ、一日片時《いちじつへんし》命生《いく》ベキ様モナカリケレバ、心憂《うく》、悲キ事限《かぎり》ナシ。カヽル所ヘ流遣《ながしつかは》サレタレバ、少将ハ、「只中々《なかなか》頸ヲ切ラレタラバ、イカヾハセム。生《いき》ナガラ憂目《うきめ》ヲミル事ノ心憂《うさ》、此《この》世一《ひとつ》ノ事ニアラジ」トゾ被レ思《おもはれ》ケル。加様《かやう》ニ心憂《うき》所ヘ被レ放《はなたれ》タル各《おのおの》ガ身ノ悲《かなしさ》

1 長門本「くち五島」
2 長門本「しらさきおほくして」。底本「路」は「鷺」の誤写か。
3 デンバク Denbacu（日葡辞書）
4 和布メ（伊呂波字類抄）
5 続ツク（類聚名義抄）
6 雷イカヅチ（類聚名義抄）。長門本「らいなる事ひまなかりければ」とする。
7 底本「陴」であるが「隟」の誤字であろう。隟ヒマ（類聚名義抄）。「隟」は「隙」の異体字。
8 神タマシヒ（類聚名義抄）。長門本「たましい」
9 古字書には「褒」を「タフサキ」と読む事例は見られない。長門本は「たうさき」とする。
10 長門本「ひんは夜しやにことならす」

ハサル事ニテ、旧里《ふるさと》ニ残留《のこりとどま》ル父母妻子《ぶもさいし》、此《この》有様ヲ伝《つたへ》聞テ、モダヘコガルラム心ノ内、思ヤラレテ無慚《むざん》也。人ノ思《おもひ》ノ積《つもり》コソ怖シケレ。彼《か》ノ海漫々《まんまん》トシテ、風皓々《カウかう》タル雲ノ浪、煙ノ濤《なみ》ニ咽《むせび》タル、蓬莱、方丈、瀛《エイ》州ノ三ノ神山《しんざん》ニハ、不死ノ薬モアムナレバ、末モ憑《たの》ミアルベシ。此《この》薩摩方、白石、アコシキ、油黄島ニハ、何事ニカハナグサムベキト被二思遣《おもひやられ》一テ哀《あはれ》ナリ。眼《まなこ》ニ遮《さへぎ》ル物トテハ、山ノ峯ニ燃上ル焔《ほの》ヲ、耳ニ満《みつ》ル物トテハ、百千万ノ雷《いかづち》ノ音、生ナガラ地獄へ堕タル心地シテ、聞《きく》ニ付テモ只身毛《みのけ》計《ばかり》ゾ竪《いよたち》[1]ケル。少将、判官入道ハ、思《おもひ》ニモ沈《しづみ》ハテズ、常ニハ浦々島々ヲ見廻《めぐり》テ、都ノ方ヲモ詠《なが》メヤル。僧都ハ余リニ悲《かなしみ》ニ疲レテ、岩ノ迫《はさま》[2]ニ沈居《しづみゐ》タリ。ナグサム事トテハ、常ニ一所ニ指《さし》ツドヒテ、尽セヌ昔物語ヲノミゾシケル。サレバトテ一月ニモサスガ消《きえ》ウセヌ身ナレバ、木ノ葉ヲカキアツメ、モクヅヲ拾テ、形《かた》ノ様《やう》ナル庵ヲ結《むすび》テゾ明《あか》シ晩《くら》シケル。サレドモ少将ノ舅《しうと》、平宰相ノ領、肥前国加世庄《かせのしやう》ト云《いふ》所アリ。彼《かし》コヨリ折節ニ付テ、如《かたのごとく》レ形ノ衣食ヲ被レ訪《とぶらはれ》ケレバ、康頼モ俊寛モ、ソレニカヽリテゾ日ヲ送リケル。此《この》人々、露命《つゆのいのち》消《きえ》ヤラヌヲ、惜《をしむ》ベシトニハナケレドモ、朝ナ夕ナヲ訪《とぶらふ》ベキ人、一人モ従付《したがひつか》ヌ身共《ども》ナレバ、イツナラハネドモ、薪ヲ拾ハムトテ、山路ニ迷フ時モアリ、水ヲ結バムトテ、沢辺ニ疲ル、ヲリモアリ。サコソ便《たより》ナク悲シカリケメ。押ハカラレテ無慚《むざん》也。

康頼入道ハ日ニソヘテ、都ノ恋《こひし》サモナノメナラズ。中ニモ母ノ事ヲ思遣《おもひやる》ニ、イトヾ無二為方一《せむかたなし》。「被レ流《ながされ》シ時モ、カクト知《しら》セマホシカリシカドモ、聞テハ老ノナミニ歎カン事ノ労《いたは》シサニ、乍レ思告《おもひながらつげ》ザリシカバ、今一度ミモシミヘザリシニ、我《わが》有様伝聞《つたへきき》テハ、今マデナガラヘテ有《あら》ン事モ有《あり》ガタシ」ナムド、来方向後《こしかたゆくすゑ》[3]ノ事マデモ、ツクヾヽト思ツヾケラレテ、只泣《なく》ヨリ外ノ事ゾナカリケル。

1 竪イヨタツ（類聚名義抄）
2 迫ハサム（色葉字類抄）。長門本「岩のはさまに」
3 向後ユクスヘ（伊呂波字類抄）

廿九　康頼油黄島ニ熊野ヲ祝奉事

1 この章段には、章の始めとなる「廿九」という数字は記されていない。

[1]判官入道ハ、ソノカミ熊野権現ヲ信ジ奉リ、卅三度参詣ノ志《こころざし》シ有ケルガ、今十五度ヲハタサズシテ、此《この》島ヘ流サレタリ。宿願ヲハタサヌ事ヲ口惜《くちをし》ク思ハ

レケリ。身ハ能《よ》ク朝庭ノ月ニアソムデ、心ハ偏《ひとへ》ニ仏教ノ玉ヲミガク。叡山天台ノ法嶺《ほふレイ》ニ登テハ、十界互具《じつかいゴぐ》[1]ノ花ヲ翫《もてあそ》ビ、高野《かうや》密教ノ道場ニ臨《のぞみ》テハ、三密《さんみつ》瑜伽《ゆが》ノ燈《ともしび》[2]ヲ挑《かか》[3]グ。況《いはん》ヤ外典《げてん》ニヲイテハ、九経三史《きうけいシ》ノ光ニクモリナク、五百余巻ノ読書《とくしょ》ノ花、亭樹《テイじゅ》ノ枝ニ開《さき》[4]タリ。詩歌管絃ニ心ヲスマシテ、風月文道明々《ふうげつぶんたうめいめい》タリ。カヽル名人智徳ノ人タリト云ヘドモ、人間ノ八苦未《いまダ》レ免《まぬかレ》ズ。過去ノ宿《しゆく》因恥《いんはづか》シク、今生ノ歎《なげき》、遣《や》ルセヲシラズ。「抑《そもそも》人身《にんじん》ヲ受《うく》ル事ハ、五戒ノ中ノ修因《しゆいん》也。五戒ニ何《いか》ナル誤リ有テカ、此《こ》レ程ノ大苦難ニアヘルラム」ト、不審殊ニ不レ少《すくなカラ》。現報《げんぽう》トヤセム、宿報《しゆくほう》トヤセム、不覚ノ涙ツキカネタリ。

丹波少将宣《のたまひ》ケルハ、「誠ニ宿善イミジクオハシケレバコソ、雲上《うんしやう》ノ月ニ隣ヲシメ、鳳闕《ほうけつ》ノ花ヲ翫ビ、松門《しようもん》ノ風ニタハブレテ、法水《ほつすい》ノ流《ながれ》ヲモ汲《くみ》給ケメ。其上《そのうへ》熊野参詣ダニモ十余度ト承《うけたまはり》キ。御利生コソナカラメ、カヽル歎《なげき》ノ塵トナラセ給ヌル事、仏神ノ御加護、疑ヒ実《まこと》ニ多シ」。康頼入道、「実ニ如レ仰《おほせ》ノ熊野山ニ頭《かうべ》[5]ヲカタブケ奉ル志シ深クシテ、卅三度参《まゐる》ベキ宿願ヲミテズ。三度ノ御幸ニ三度ナガラ望《のぞみ》申《まうし》テ、供奉《ぐぶ》仕《つかまつ》リシ事モ、内心ハ只宿願ノ度数ト存《ぞんじ》候キ。私ノ参詣十五度也。合《あはせ》テ十八度。今十五度参《まゐり》候ハデ、此《この》難ニアヘル事、今生ノ妄念《まうねん》、神明ノ御利生《りしやう》空《むなし》キニ似タリ」トテ、遺恨ノ涙カキアヘズ。法勝寺ノ執行《しゆぎやう》、此《これ》ヲ聞テ、「少将殿モ御参詣《さんけい》候ケルヤラム」ト問ヘバ、少将、「成経ハ未ダ一度モ参候ハズ」ト宣ヘバ、僧都、「俊寛モ未《いまだ》参候ハズ。サレバ神ノ名タテニテハ候ヘドモ、度々ノ参詣空クシテ、一度モ参ラザル輩《ともがら》ニ同罪同所ノ身トナラセ給《たまふ》事、何ノシルシカ候ベキ。御恨《うらみ》尤《もつと》モ理《ことわり》ナリ」ト宣ヘバ、康頼入道申《まうし》ケルハ、「シカモ卅三度ノ宿願ハ、後生菩提トハ存《ぞんぜ》ズ候。只併《しかしなが》ラ今生ノ栄花、息災延命《そくさいえんめい》6ト存《ぞんじ》候キ。身ハ貧道ノ身ニテ、心ハ大憍慢《だいけうまん》ノ心也。然《しかる》間《あひだ》、仏法ヲ聞《きく》ト申モ、只名聞《みやうもん》7ノタメ。外典ヲ学《がくす》ルト申モ、若《も》シ人ノ御師徳ニモヤ被《めされ》レ召、才人ノ聞《きこえ》アラバ、官位加階ヤ進《すすむ》トノミ思侍シ故也。雖《しかりといへども》レ然、師徳ニモ不レ被《めされず》レ召、官爵ニモ進マズ。奉公ノ忠ヲ抽《ぬきん》ヅト云《いへ》ドモ、不次《ふじ》ノ賞ニモアヅカラズ。事ニフレ、折ニ随テハ、恨《うらみ》ノミ多《おほく》シテ心ニ快《こころよき》事一《ひとつ》モナシ。

1 「互」に声点⑧
2 燈トモシビ（類聚名義抄）
3 挑カヽク（類聚名義抄）
Tomoxibiuo cacaguru 灯を挑ぐる（日葡辞書）。
4 開サク（伊呂波字類抄）
5 頭カウベ（類聚名義抄）
6 エンメイ Yenmei（日葡辞書）
7 ミャゥモン Miǒmon（日葡辞書）

依《これによりて》レ之、一向《ひたすら》ニ神明ヲ憑《たのみ》奉リテ、栄花ヲ開候ハムトテ、卅三度ノ大願ヲモ発《おこ》シ、十八度ノ参詣ヲモ遂テ候キ。何《いか》ニ権現ノニクシト思食《おぼしめし》ケン。後悔サキニタヽズ」トテ、暫ク案《あんじ》テ申ケルハ、「太原ノ白居易[1]、文集《もんじふ》七十巻ヲ二部書テ、一部ヲバ鉢塔院ノ宝蔵ニ納メ、一部ヲバ南禅院ノ千仏堂ニ送奉リテ、其後《そののち》、件《くだん》ノ文集ノ箱ヨリ光明ヲ現《げんず》ル事度々《たびたび》也。両院ノ寺僧、怪《あやしみ》ヲ成《なし》テ、文集ノ箱ヲ開テ見《みる》所ニ、第六十ノ巻ニ発願《ほつがん》ノ文《もん》アリ。其一々《そのいちいち》ノ文字ヨリ現ル所ノ光明也。其《その》文ト申ハ、朗詠[2]ノ仏事ノ詩ニ、

願以二今生世俗文字之業　狂言綺語之誤一

飜為二当来世々　讃仏乗之因　転法輪之縁一

願はくは今生世俗文字の業《ごふ》　狂言綺語《きやうげんきぎよ》の誤《あやまり》を以て

飜《かへ》[3]して当来世々　讃仏乗の因　転法輪の縁と為《せ》ん

ト者此《はこれ》也。此ノ発願ノ心ハ、今生世俗ノ業、狂言綺語之誤ナレドモ、飜《かへし》テ当来ニハ仏ヲ讃嘆シ、法輪ヲ転ジテ、衆生済度《しゆじやうさいど》ノ身タラント、改悔懺悔《がいけさんげ》[4]シタル発願也。所以《ゆゑ》ニ懺悔ハ吉ク滅罪ノ法ナレバ、生死《しやうじ》ノ長夜《ちやうや》ニ迷《まよふ》ベカラズト云表《いふへう》示《じ》[5]ニ、発願ノ文ヨリ光明カクヤクタリ。サレバ聖照《しやうせう》モ今日ヨリ昔ノ安心《あんじん》ヲ飜シテ、一向ニ後生菩提ノ行業ニ廻向《ゑかう》シ侍《はべる》ベシ」トゾ申ケル。サテ此《こ》ノ人々ノ住所ヨリ南ノ方ニ五十余町ヲ去テ、一《ひとつ》ノ離山《りさん》アリ。蛮岳《バンガク》[6]トゾ申ケル。鬼界島ノ住人等、「アノ蛮ガ岳[7]ニハ エビス三郎殿ト申《まうす》神ヲ祝テ 岩殿ト名付タリ。此《この》島ニ 猛火俄《みやうくわにはか》ニモヘ出テ、住人更《さら》ニ難キ㆑堪《たへ》時、種々ノ供物ヲ捧テ 祭《まつり》候ヘバ、猛火モ定《しづま》[8]リ、大風モノドカニ吹テ、島ノ住人自《ヲのづから》ラ安堵仕《つかまつる》」トゾ申ケル。少将、此《これ》ヲ聞テ、「カヽル[9]、サレバ猛火ノ中、鬼ノ住《すむ》所ニモ神ト申《まうす》事ノ侍ルラムヨ」ト宣ヘバ、康頼入道、「申ニヤ及《および》候。炎[10]魔王界ト申ハ、鬼ノ栖《すみか》、猛火ノ中ニテ侍《はべる》ゾカシ。其《それ》ダニモ十王トモ申シ、十神トモ名付テ、十体ノ神、床ヲ並《ならべ》テスミ給ヘリ。マシテ此《この》島ト申ハ、扶桑神国《ふさうしんこく》ノ類島ナレバ、[11]エビス三郎

1　「太」に声点①。「原」の左（⑥と⑧の中間の位置）に二点の声点。
2　和漢朗詠集巻下「仏事」所収
3　飜カヘス（類聚名義抄）
4　ガイケ Gaiqe（日葡辞書）
5　「示」に声点②
6　「蛮」に声点⑥
7　底本「蛮ガ岳」。「蛮ガ」で改行されているため、「岳」は次行の行頭であるが、前行には「蛮岳《バンガク》」とあることから、底本「ガ」は本来「岳」のルビを示していたか。
8　定シツム（類聚名義抄）
9　底本のまま。脱文があるか。
10　「炎」は「閻」の当字
11　底本では第79丁ウ左下に「四」、第80丁右下に「四」を見せ消ちにして「五」と記す。

殿モ栖《すみ》給ベシ。サテモ〳〵聖照、熊野参詣ノ宿願、安心コソ不浄ニ候シカドモ、十八度ハ参テ侍キ。残《のこり》十五度ヲ、後生善所《ごしやうぜんしよ》ノ為ニ、岩殿ニテハタシ候バヤト存《ぞんじ》候。大神モ小神モ崛[1]請《くつしやう》ノ砌《みぎり》ニ影嚮《やうがう》シ給事ニテ候ヘバ、権現定《さだめ》テ御納受《なふじゆ》候ベシ。各《おのおの》ハ何《いか》ガ思食《おぼしめす》」ト申セバ、少将ハ取アヘズ、「成経モ、ヤガテ先達《せんだつ》ニシ進《まゐらせ》テ参詣仕《つかまつる》ベシ」ト宣フ。俊寛ハ能々《よくよく》ヲカシゲニ思テ、遙ニ返事モセズ。良久《ややひさしく》アリテ申ケルハ、「日本ハ神国ト申テ、守屋ノ大臣、神名帳《じんみやうちやう》ヲ注《しる》シタリケルニ、上《かみ》一万三千ト云ヘリ。其《その》神名帳ノ中ニ、鬼界ノ島ノ岩殿ト申《まうす》神、未《ダ》見《みえ》ズ。其《その》上、エビス三郎殿ト申ハ、巫女[2]《ぶぢよ》ニ付タル、有《あり》サマ云甲斐《いふかひ》ナキ者トコソミヘテ候ヘ。ヤハヤ尋常ハカ〴〵シキ利生《りしやう》モ候ハンズル。熊野権現ダニモ十八度ノ参詣空《むなしくし》テ、カヽル災難ニ当リ給テ侍《はべる》ゾカシ。且ハ古郷ニ聞《きこえ》候ハム事、恥《はづかし》ク候。『法勝寺ノ執行《しゆぎやう》程ノ者ノ、セメテノ事カナ、夷《えびす》三郎ヲ尊重シテ、コリヲカキ、歩《あゆみ》ヲ運《はこび》ケン事ヨ』ト、親《したし》キ疎《うとき》ニ申サレン事、イトケギタナク覚《おぼえ》候。次ニ、後生菩提ヲバ、必ズシモ神明ニ申サズトテモ、念仏読経セバ、何ノ不足カ候ベキ。『神ヲ神ト信ズレバ、邪道ノ報《むくひ》ヲ受テ、永ク出離ノ期《とき》ヲ不レ知《しらず》』ト申タリ。『只本地《ただほんち》阿弥陀如来ヲ念ズレバ、十悪五逆ノ窓ノ前ニモ、来迎《らいかう》シ給《たまふ》』トコソ、観経ニハ説キ候メレ。抑《そもそも》浄土宗ノ事ハ、俊寛未ダ二心得一侍リ。只鈍根無智《どんごんむち》ノ者ノ為ニ、皆心ヲ一境ニヲク事也。サレバ方《ほう》便《べん》ニシテ実儀ニハアラズ。

3夫《それ》仏法ノ大綱ハ、顕教モ密教モ、凡聖不二《ぼんしやうふに》ト談ジテ、自心《じしん》ノ外《ほか》ニ仏法モナク、神祇モナシ。三界唯一心《さんがいゆいいつしん》ト悟レバ、欲界モ色界モ外ニハナク、地獄モ傍生《ばうしやう》モ我《わが》心ヨリ生ズ。4人中《にんぢう》モ天上モ我心ナリ。声聞《しやうもん》モ縁覚《えんがく》モ菩提薩埵《ぼだいさつた》ト申《まうす》モ、心ヲ離テ外ニハナシ。凡《およそ》一切衆生、真俗二諦《にたい》、森羅ノ万法《まんぼふ》、我性一心《がしやういつしん》ノ法ニ非《あらず》ト云《いふ》事ナシ。随縁真如《ずいえんしんによ》ノ前ニハ、迷《まよひ》ノ心ヲ神ト名《なづ》ケ、悟ル心ヲ仏トス。迷悟本《もと》ヨリ外ニナシ。邪正一如《じやしやういちによ》ノ妙理ナルヲヤ。サテハ禅ノ法門コソ、教外《けうげ》ノ別伝ト申テ、言語道断ノ妙理ニテ候ヘ。一代聖教《しやうげう》ニ超過シテ、八宗九宗ノ禅頂タリ。当時、法勝寺ニ卿《きやうの》律師本空《りつしほんぐう》トテ、入唐《につたう》ノ禅僧アリ。入唐セザリシ昔ハ、

1 「崛」は「屈」の当字
屈請クツシヤウ（元和三年版下学集）
2 「巫」に声点⑧
3 底本では改行されていない。俊寛の発話部分中ではあるが、内容を鑑みて改行した。
4 ニンヂュゥ Ningiũ（日葡辞書）

真言天台ノ学匠ニテ、四種三昧ノ行者、入壇灌頂ノ聖ニテ候シガ、禅ノ法門ニ移《うつり》候テ、無行第一ノ僧ニ成テ候也。神ヲモ不《うやまはず》レ敬、仏ヲモ不レ敬、乞者《こつしや》非人ナレバトテ賤シム事ナシ。真言、天台、浄土宗ノ法門ヲバ、苽《うり》ノ皮法門ト云テ、大《おほき》ニ咲《わらひ》候也。恵能禅師ノ頌《じゅ》トテ、常ニ口ズサミ侍ル言《ことば》ニハ、

菩提無レ樹　明鏡非レ台ニ　元ヨリ無二一物一　何ゾ有二塵垢一

菩提樹《き》に無く　明鏡《みやうきやう》[1]台《うてな》に非ず　元より一物《いちもつ》無く　何ぞ塵垢《ぢんく》有らん

ト詠ジテ、ズヾ、ケサモカケズ、仏ニ花香《くわかう》ヲモ供セズ。念仏モ申サズ、経ヲモヨマズ。『何《いか》ニ坐禅ヲバ、シ給ハヌゾ』ト申セバ、大ニ咲テ、『何事ゾ、坐禅ト申《まうす》事ハ。諸教ノ中ニ、初心ノ行者ノ修行スル法也。天台宗ニハ止観ノ坐禅、真言教ニハ阿字観ノ坐禅、浄土宗ニハ日想観ノ坐禅等也。禅宗ト申《まうす》行法《ぎやうぼふ》有べカラズ。沙金能《よく》淤泥《ヲデイ》ニ埋《うづむ》トモ金《こがね》也、錦ノ袋ニ裹《つつみ》タルモ金也。禅ノ法門ヲ一

向ニ証ゼズ。初心ノ行者、日夜旦暮《にちやたんぼ》ニ座禅スト云ヘドモ、全ク禅頂ノ位ニ登ル事ナシ。達磨ノ頌《じゆ》云《にいはく》、

座禅得レ仏者《バ》　誰不レト《セ》二閑床一《ヲ》　白浪何幾浄　帰二依床禅主一

座禅して仏を得ば　誰か閑《しつ》かなる床を卜《ぼく》せざらん　白浪何幾《いくばく》か浄《きよ》き　床禅の主に帰依す

トテ、達磨ハ座禅スル事ナカリキ。

六《むつ》ノ根ニ六ノ花サクヲホゾラヲハル〴〵ミレバ我身ナリケリ

此《これ》コソ大座禅ノ聖《ひじり》ヨ』トテ、五辛酒《ごしんしゆ》肉《にくの》檀ニ服シ、懈怠無慚《けだいむざん》[2]ノ高枕《たかまくら》打シテ、臥《ふし》ヌヲキヌシ侍ル也。ゲニ恵能禅師ノ頌《じゆ》ノ文ハ、俊寛モ領解《りやうげ》[3]シテ覚《おぼえ》候。菩提無レ樹《きになけれ》バ、仏ニナルト云《いふ》事モナシ。明鏡《みやうきやう》非レ台《あらざれバうてな》ニ、浄土ト云《いふ》事モ有ベカラズ。元《もとより》一物ナキ法ナレバ、万法《まんぼう》皆虚空《こくう》也。何ゾ有二塵垢一《あらん》ト観《くわんず》レバ、見思塵沙《けんしぢんさ》ノ罪業モ夢幻《ゆめまぼろし》ニ似タリ。マサニ知《しる》ベシ、熊野権現ト申《まうす》モ、夷三郎殿ト申モ、妄心《まうしん》

1 ミヤウキヤウ Miŏqiŏ、メヤウキヤウ Meŏqiŏ（日葡辞書）
2 ケダイ Qedai（日葡辞書）
3 リヤウゲ Riŏgue（日葡辞書）

虚妄《こまう》[1]ノ幻化《げんけ》、亀毛兎角《きもうとかく》ノ縄蛇《じやうじや》[2]」ト云テ、同心同道モセズ、俊寛ハヒトリ留《とどまり》タリ。俊寛一人、岩ノハザマ、松ノ木陰ニ留居《とどまりゐ》テ、諸法ノ相ヲ観ゼシ処ニ、風俄《にはか》ニ吹テ、地震忽《たちまち》ニキビシクシテ、一山《いつさん》皆動揺シケレバ、石岸崩《くづれ》テ大海《だいかい》[3]ニ入ル。其時《そのとき》禅門ニ古キ歌アリ、思出テ詠ズ。

岸崩レテ殺スレ魚ヲ　其ノ岸未ダレ受レ苦ヲ　風発テ供スレ花ヲ　其ノ風豈ニ成仏ンヤ

岸崩れて魚を殺す　その岸未だ苦を受けず　風発《おこ》りて花を供す　その風豈《あに》成仏せんや

ト申テ居タリ。

康頼入道云《いはく》、「御法門ノ趣《おもむき》ハ、花厳宗ノ法界唯一心《ゆいいつしん》カト覚《おぼえ》候。サレバ不《ふ》変真如《へんしんによ》ノ妙理、真妄同空《しんまうどうくう》ノ所談也。コトアタラシク中々申《まうす》ニ不レ及《およばず》。次ニ禅ノ法門ハ、仏遂《つひ》ニ口音《くおん》ニ陳《ちんじ》[4]給ハズ。唯迦葉《かせふ》一人ノ所証《しよしよう》ト承ル。因果ヲ撥無《はつぶ》スルガ故ニ、仏教ニハ非ズ。仏教ニアラサルガ故ニ、外道《げだう》ノ法門也。底下《ていげ》ノ凡夫《ぼんぶ》、全《まつたくもつて》以信用ニタラズ。仏ヲモ不レ敬《うやまはず》、神ヲモ不レ信《しんぜず》、善根《ぜんごん》[5]ヲモ不レ修《しゆせず》、悪業ヲモ[6]不レ憚《トはばかラ》談ゼバ、一代聖《いちだいしやうぎやう》教ヲ皆破滅スル大外道《だいげだう》ト聞《きこえ》タリ。努々顕露《ゆめゆめけんろ》ニ御披露《ひろう》有ベカラズ。一切衆生《いつさいしゆじやう》ヲ皆地獄ニ落サン事、末世ノ提婆達多《だいばだつた》、是《これ》ナルベシ。

悲哉《かなしきかな》、釈迦善逝《しやかぜんぜい》ノ遺弟《ゆいてい》ニ非ズハ、誰《たれ》カ善神護法《ぜんじんごほふ》ノ加護ヲカブラムヤ。聖照ハ鈍根無智《どんごんむち》ノ者ニテ候間《あひだ》、真言教ニハ加持ノ即身成仏、浄土宗ニハ他力ノ往生、此《これ》ヲ信《しんじ》テ候也。依レ之《これによつて》、十方ノ浄土モ外《ほか》ニアリ、八大地獄モ外ニアリ。三世諸仏モ外ニマシマス、三所権現モ外ニマシマスト信《しんじ》テ候ヘバ、イザ、セ給ヘ、少将殿」トテ、二人ツレテ岩殿ヘゾ参リケル。

彼《か》ノ岩殿ノ地形《ちぎやう》[7]ヲ見ルニ、谷々峯々ヲ遙ニ分入テ、人跡《じんせき》絶テ鳥声《とりのこゑ》ダニモセヌ処ニ、河流レ出タリ。音無川ニ相似《あひに》タリ。其水上《そのみなかみ》ヲ尋ヌレバ、少シ打晴《はれ》タル所アリ。大《おほき》ナル岩屋アリ。其《その》上ニ椙一叢生《すぎひとむらおひ》タリ。是《これ》ヲバ本宮ト名《なづけ》テ、草打払《うちはら》ヒ、シメ引《ひき》マハシタリ。又、山ヲ越テ、渚近キ椙叢《ムラ》アリ。是ヲ新宮ト号《かう》ス。其《それ》ヨリ奥ヘ猶尋入《なほたづねいり》テミレバ、碧巌《へきがん》高ク峙《そばたち》[8]テ、白浪嶺《はくらう》ヨリ流下《ながれくだり》タリ。瀧ノ音、

1 コマゥ Comǒ（日葡辞書）
2 「縄」に声点②
3 ダイカイ Daicai（日葡辞書）
4 底本「陣」を改める。
5 ゼンゴン Iengon（日葡辞書）
6 底本「不ト陣ラ」。「陣」は「憚」の誤写と見て改める。
7 ヂギャゥ Giguiǒ（日葡辞書）
8 峙ソバタツ（類聚名義抄）

松ノ風、神サビタル景気、南山飛瀧《なんざんひりやう》権現ノ渡《わたら》セ給フ那智ノ御山ニ似《にた》リケレバ、又、苔ヲ打払ヒ、シメ引マハシテ、此ノ岩カドヲバ、米持金剛《めちこんがう》、五体王子ト名付《なづけ》奉リ、彼《か》ノ木ノ本ヲバ、一万、十万、禅子《ぜんじ》、聖《ひじり》、児《ちご》、子守《こもり》ナムド名付ツ、帰《かへり》ニケリ。

僧都ニ又、「熊野詣《まうで》ノ事ハイカニ」ト云ケレドモ、僧都、猶伴《なほともな》ハザリケレバ、「サラバ二人詣デム」トテ、可二裁替《たちかふ》一[1]浄衣《じやうえ》モナケレバ、麻ノ衣ヲ身ニマトヒテ、ケガラハシキ体《すがた》[2]ナレドモ、沢辺ノ水ヲコリニカキテ、精進潔済シテゾ詣《まうで》ケル。藤ノワラウヅヲダニモハカザレバ、ヒタスラノハダシニテ、人モカヨハヌ海岸、鳥ダニモヲトセヌ深山《みやま》ヲ、泣々《なくなく》ツレテオハシケム心ノ内ゾ哀《あはれ》ナル。手ニタラヒ、身ニコタヘタル事トテハ、入江ノシホ、沢辺ノ水ニカクコリ計《ばかり》也。朝夕ハ南無慚愧懺悔六根罪障《なむざんぎさんげろくこんざいしやう》[3]ト懺悔シ、心ニ心ヲ警《いましめ》[4]テ、僅《わづか》ニ半日ニ行《ゆき》帰ル路ナレド、同《おなじ》所ヲ行帰リ〱、白浪サヾナミ凌ギツヽ、漫々タル蒼海ニタヾヨヒ、塩風波間ノコリノ水、何度ト云《いふ》数ヲ不ㇾ知《しらず》。浦路浜路ヲ行《ゆく》時ハ、鹿《しし》ノ瀬、藤代、カブラ坂、十条、高原、瀧ノ尻トモ観念シ、石岸《せきがん》イハホ高クシテ、青苔《せいたい》アツクムシ、万木《ばんぼく》枝ヲマジヘテ、荒草《くわうさう》道ヲフサゲル谷川モアリ。東岸西岸ヲ渡ル時ハ、岩田川ヲ思出《おもひいで》テ、煩悩ノアカヲス丶ギ、近ツヒ、湯ノ河、三《ミツ》ノ河、思遣《おもひやら》レテ哀《あはれ》也。冷《すずし》[5]キ木陰ヲ行《ゆく》時ハ、九品《くほん》ノ鳥居ヲ只今トヲルト思《おもひ》ナシ、大《おほき》ナル木ノ本ニ立寄テハ、上品上生《じやうぼんじやうしやう》ノ心地《しんち》、発心門《ほつしんもん》トモ観念ス。此《この》山路海岸ノ間ニ、波間ニミユル石モアリ。青黄赤[6]　白《しやうわうしやくびやく》ノ石モアリ、男女僧形《なんによそうぎやう》ノ石モアリ。岩ノハザマ、苔ノ莚、椙ノ村立、常葉木《ときはぎ》、目ニカヽリ、心ノ及ブ所ヲバ、摂津《つの》窪津ノ王子ヨリ始テ、八十余所ノ王子々々トゾ伏拝ミ給ケル。奉幣、御神楽ナムドノ事コソ叶ハズトモ、王子々々ノ御前ニテ、ナレコ舞計《まひばかり》ハ、心ノ及ブ程ニ仕《つかまつる》ベシトテ、少将ハ天性無骨《てんぜいぶこつ》ノ仁ニテ如レ形《かたのごとき》ノカヰナザシ、康頼入道ハ洛中無双《ぶさう》ノ上手ナリ、魍魎鬼神《まうりやうきじん》モトラケテ、慈悲納受《じひなふじゆ》ヲ垂《たる》ラムトゾ舞ケル。少将モ毎度ニハラ〳〵トゾ泣給ケル。如レ此《かくのごとく》シテ、彼《か》ノ本宮証誠殿《しやうじやうでん》ノ御前ニ詣《まうで》ツヽ、「本地《ほんち》アミダ如来ニテ御坐《おはします》、十悪五逆ヲモ捨給ハヌ御誓《ちかひ》

1 裁タツ（類聚名義抄）。覚一本「たちかふべき」。
2 体スガタ（類聚名義抄）
3 ザンギ Zangui（日葡辞書）
4 謦イマシム（類聚名義抄）
5 冷スズシ（類聚名義抄）
6 「青黄赤白黒」とあるべきか。シヤウワウ　シャクビャッコク Xǒuǒ xacubiaccocu（日葡辞書）

アムナレバ、遠近《ゑんきん》ニハヨルマジ、心ノ至誠ナルヲコソ、権現金剛童子モ哀《あはれ》トハ思食《おぼしめさ》ムズラメ」ト思テ、「南無日本第一大霊験熊野三所権現《だいれいげんくまのさんじよごんげん》、和光ノ恵《めぐみ》ヲ施《ほどこし》テ、今一度都へ帰サセ給へ」ト、肝胆《かんたん》ヲ摧《くだき》テゾ被《まうされ》レ申ケル。康頼ハ、子息左衛門尉基康ガ示シ知《しら》セケル夢想ノ事ナムド思出《おもひいで》テ、大江ノ匡房ガ無常ノ筆ヲゾ思《おもひ》ツヾケヽル。「生死之嶮路《しやうじのけんろ》難レ定メ、可《べき》レ期《ごす》二老少《らうしやう》何時《いつ》一ヲカ。亡魂徒《いたづら》ニ避《さり》[1]テ、野外之崇廟《そうべう》幽々トシテ、彼《か》ノ感陽宮之煙《かんやうきゆうのけぶ》[2]リ凜《ジヨウ》々タリ。作《なり》レテ雲ト何《いづれ》ノ方へ去《さり》シゾヤ。思ヘバ皆如《ゆめのごとき》レ夢ナリ」ト観ジテ、二人本宮ヲ出テ、新宮へ伝《つたひ》テ、那智山へ詣《まうで》ケリ。遙[3]ニ浜路ヲ詠《なが》ムレバ、前路眇々《べうべう》トシテ、眼《まな》コ窮《キハマ》リ二渇仰之虚《かつがうのそら》一ニ、海上茫々《かいしやうぼうぼう》トシテ、涙浮《ブ》二悲願之月《ひぐわんの》一ニ。揚《あげて》二一心称名之音声《いつしんしやうみやうのおんじやう》於風浪之韻響《をふうらうのインキヤウ》一ニ、仰《あふグ》二多所饒益《たしよねうやく》之本誓於水月之感応《のほんぜいをすいげつのかんおう》一ニ。心中《しんぢう》ニ心澄ミ、信心誠《まこと》ニ起リ、波上思静《はしやうおもひしづか》ニシテ、哀傷暗《そら》ニ催《もよほ》ス。兼テ思ヘバ二彼《か》ノ景気《けいき》一ヲ、涙連《れん》々トシテ不レ留《とどまらず》。遮《さへぎり》テ計《はか》レバ二其《そ》ノ慈悲一ヲ、心念々《ねんねん》ニ有《あり》レ勇《いさ》ミ。従《より》二幼稚若少之昔《えうちじやくせうのむかシ》一、至《いたるマデ》二盛年長大之今《せいねんちやうだいのいま》一ニ、抽《ぬきんでテ》二丹誠於権現之宝前《たんぜいをごんげんのほうぜん》一ニ、凝《こらス》二懇志於垂跡之霊堀《こんしをすいしやくのれいくつ》[4]一ニ。星霜《せいざう》[5]多ク重レリ。機感《キカン》何ゾ疑ハム。三《みつ》ノ山ノ

1　避サル（類聚名義抄）
2　「咸陽宮」の当字
3　以下、書き下し文を示す。
「遙かに浜路を詠むれば、前路眇々として、眼渇仰の虚に窮まり、海上茫々として、涙悲願の月に浮かぶ。一心称名の音声を風浪の韻響に揚げて、多所饒益の本誓を水月の感応に仰ぐ。心中に心澄み、信心誠に起こり、波上思ひ静かにして、哀傷暗に催す。兼ねて彼の景気を思へば、涙連々として留まらず。遮りて其の慈悲を計れば、心念々に勇み有り。幼稚若少の昔より、盛年長大の今に至るまで、丹誠を権現の宝前に抽んでて、懇志を垂跡の霊堀に凝らす。」

4 「霊窟」の当字
5 セイザゥ Xeizǒ（日葡辞書）

奉幣遂《とげ》ニケレバ、悦《よろこび》ノ道ニ成《なし》ツヽ、切目ノ王子ノナギノ葉ヲ、稲荷ノ椙ニ取替テ、今ハクロメニ着《つき》ヌト思テ、下向シ給ケリ。カク詣《まうづ》ル事、其《その》年ノ八月ヨリ不《ざ》ル怠《おこたら》レ程ニ、次ノ年ノ九月中旬ニモ成ニケリ。

卅　康頼本宮ニテ祭文読事

[1]或《ある》日、二人伴《ともなひ》テ、彼《か》ノ本宮ニ詣テ、法施《ほつせ》ヲツク〴〵トタムケ奉リテ、「和《わ》光《くわう》利益本誓《りやくほんぜい》タガハズ、我等ガ勤念[2]ノ信ノ実《まこと》ヲ照見《せうけん》シ給テ、清盛入道ノ無道《ぶたう》ノ悪心ヲ和ゲテ、必ズ都ヘ帰シ入レ、再ビ妻子ヲ相見セ給ヘ。已《すで》ニ参詣十五度ニ満ジヌ」ト肝胆ヲクダヒテ、一心ニ丹誠《たんぜい》ヲ抽《ぬきんで》タリ。殊更《ことさら》ニ神ノ御ナゴリヲシク、御前ニテ常葉木《ときはぎ》ノ枝ヲ三《みつ》折リ立テ、ヽ三所権現ノ御影向《やうがう》トゾ敬《うやまひ》給ケル。其《その》御前ニテ、「卅三度ノ結願《けちぐわん》ナレバ、身ノ能ヲ仕《つかまつり》候ベシ。聖照ガ第一ノ能ニハ、今様コソ候シカ」トテ、神祇ノ巻ノ今様ノ内ニ、一ハ、

仏ノ方便ナリケレバ　神祇ノ威光タノモシヤ

1 この章段には、章の始めとなる「卅」という数字は記されていない
2 「懇念」の当字か。類聚名義抄によれば「勤」「懇」にはネムコロの訓があるため、これによる混同か。

叩《たたけ》バ必ズヒヾキアリ　アフゲバサダメテ花ゾサク

ト歌《うたひ》テ、「此《これ》ハ本宮証誠殿《しやうじやうでん》ニ進《まゐら》セ候。今一《ひとつ》ハ両所権現《りやうしよごんげん》[1]ニ廻向《ゑかう》シ進セ候ベシ」トテ、

白露ハ月ノ光ニ黄ヲ沾《ウルヲ》[2]ス化《シ》[3]アリ。

権現舟ニ棹《さをさ》シテ、ムカヘノキシニヨスル白波

トゾ歌タリケル。「権現舟ニ棹《さをさし》テ、ムカヘノ岸ニヨスル白浪」ト、未《いま》ダウタヒモハテヌ時、ヨモノ山ニハ吹カザルニ、スヾシキ風俄《にはか》ニ吹出テ、三所権現ノ常葉木《ときはぎ》ノ枝颯々《ひつひつ》トシテ動揺スル事良久《やや》シ。聖照、感涙ヲオサヘテ、一首ノ歌ヲゾ読タリケル。

神風ヤ祈ル誠ノキヨケレバ心ノ雲ヲフキヤハラハム

少将モ泣々、

ナガレヨルイワウノ島ノモシヲ草イツカクマノニメグミ出《いづ》ベキ

其《その》時又不思議ノ瑞相《ずいさう》出来タル。此[4]ハ秋ノ末ツカタノ事ナレバ、タノムノ鴈ノ

マレナルベキニハナケレドモ、東ノ方ヨリ鴈三飛来《みつとびきたり》テ、一《ひとつ》ハ俄《にはか》ニ谷ノ底ヘ
飛入テ、又モミヘズ。今二《ふたつ》ハ此《この》人々ノ上ヨリ取返シテ、東ノ方ヘゾ飛帰《とびかへり》ケル。

康頼入道、此《これ》ヲミテ、

白波ヤタツタノ山ヲケフコヘテ花ノ都ニカヘルカリガネ

ト読テ、各《おのおの》立テ、帰鴈ヲ七度ヅヽ礼拝シタリケリ。其上《そのうへ》少将ハ、判官入道ヲモ七度礼《らい》シ給タリケレバ、入道、「此ハ何《いか》ニ」ト問《とひ》奉ルニ、少将、「入道殿ノ御計《はからひ》ニテ、十五度ノ参詣モ遂ヌ。神ノ御利生《りしやう》ニテ再ビ都ニ帰ラム事、併《しかしなが》ラ入道殿ノ御恩ナルベシ」トテ泣給ヘバ、入道モ「穴哀ヤ《あなあはれ》」トテ泣ク。

サテ入道、浦ノハマユフ御幣ニハサミ、山スゲト云《いふ》草ヲシデニタレテ、清キ砂《いさご》ヲ金《こがね》ノ散供《さんぐ》トシ、御前ニスヽミ出テ、左ノ膝ヲタテ、右ノ足ヲ片敷《かたしき》テ、思フ意趣《いしゆ》[5]ヲツラネツヽ、読《よむ》レ之《これ》ヲ。其詞《そのことばにいはく》云、

[6]謹請、再拝々々。維当レル年次ハ、治承二年歳次戊戌、月ノ并十月二月、日数ハ三百五十余ケ日、八月廿八日己未、撰二定ビテ吉日良辰一ヲ、掛モ忝ク坐ス、日本第一大

1 底本「両所権所権現」。「所権」は衍字なので削った。
2 底本「ヲルヲ」。「ウルヲ」の誤りと見て改める。
3 沾ウルホス（類聚名義抄）類聚名義抄「化ヲシフ」とあり、ここは「ヲシヘ」と読むべきか。底本「シ」はルビが本行に混入したものか。盛衰記「白露ハ月ノ光ニテ黄土ウルヲス化アリ」とあることから、底本のこの句には本文の崩れが生じているようだ。
4 底本のまま。「比《ころ》」の誤写か。
5 底本「ツ、ネツ、」。誤写と見て改める。
6 底本もここで改行する。

霊験、熊野三所権現、幷王子眷属等ノ宇津広前ニ、信心ノ大施主、羽林藤原ノ成経、幷沙弥聖照《シウ》[1]等、各ノ合二定恵ノ掌一ヲ、捧二信心ノ礼奠一ヲ、傾二渇仰ノ頭一ヲ、献二観念清謹《キンノ》沙金一ヲ。其懇志之至、発願之趣キ、故何《ユヘ》者《トハ》、夫レ、

[2]神明者奉レ顕ニ本地ヲ一之時、威光弥増進ス。感応之光厳重也。依レ之、今忝ク欲レ奉レ讃二嘆三所権現ノ本地本誓ヲ一耳。竊惟レバ、本宮証誠殿者、昔シ珊提嵐《サンダイ》国之主ジ、申二無上念王ト一、発二菩提心ヲ一以後、五劫思惟ノ大願已成就シ坐シテ、今安養浄土ノ教主、来迎引摂之妙体也。所以ニ、摂取不捨ノ光明ハ、能ク照シ二一念称名ノ行者ヲ一、済度群崩ノ船筏ハ、必ズ寄二九品蓮台ノ宝池ニ一。剰ヘ広大慈悲ノ水、如レ雨灑《ソヽキ》、如レ風ノ戦《ソヨガス》。将又垂跡応化ノ榊葉ニ、宿《玉ヘリ》二和光利物之影一。風香《ツタヘキク》、奉レ名《コトケ》二証誠殿ト一者、本地清涼之風冷シテ、三尊来迎之雲聳キ、極重最下之水渇ヌレバ、九品正覚之花新也。不取正覚之秋ノ夕ニハ、結二十劫成道之菓ヲ一、諸仏証誠之暁月ハ、謝二一切迷凡之疑ヲ一。此則釈尊ノ金言也。権現、為レ示ニ此ノ勝利ヲ一、忝ク御名ヲ号ス二証誠大権現ト一耳。名詮自性也。何レノ衆生カ奉レ疑ニ権現本誓ヲ一哉。願ハ権現本誓、重願レ不レ虚、聖照等ガ臨終

寿焉之時、必《ズ》応《ベシ》レ開《玉フ》二引摂之蓮一耳。

次新宮者、是本地東方之教主、浄瑠璃浄土之主也。十二大願成就之如来、衆病悉除之願越《玉ヘリ》レ世《ニ》。憑哉、伊王善逝、人間八苦《ノ》中《ニハ》、病苦尤勝《タリ》。何《レノ》衆生《カ》不レ受《ヲ》二病患一、誰《ガ》家《ニカ》不レ傾《ヲ》二渇仰之頭一哉。悲哉、聖照等当時心中《ノ》体、更《ニ》過《タリ》二身上《ノ》病患《ニモ》一。願《ハ》和光同塵之光、速《ニ》照《ヲ》二左遷流罪之闇一坐《テ》、将《シ》レ助《玉フ》二古郷恋暮之胸病《ヲ》一。

次那智飛瀧権現者、千手千眼《ノ》霊地、弥陀左脇《ノ》補属、大悲闡提《ノ》尊容也。仰願《ハ》、聖照等、拙《クモ》被レ放《ニ》二衆生有苦之島一、所《ハ》レ奉レ憑、三称我名之権現也。早《ク》棹《シテ》二不往救者之船《ニ》一、将《シ》レ引《ニ》二導《玉フ》不取正覚之都《ニ》一。抑三五夜中《ノ》新月色《ハ》、能《ク》雖レ照《ト》二一千里《ノ》外《ヲ》一、未《ダ》レ宿《ラ》二深泥濁河之水《ニハ》一、設《ヒ》雖レ為《モ》二草葉之露野守之鏡《ト》一、清《ク》澄《ル》時《ハ》、必《ズ》明月無レ不レ《云コト》宿レ影。依レ之、今忝《ク》奉《ニ》三推二察権現《ノ》本誓《ヲ》一、熊野三所《ノ》光《ハ》、純《モハラ》日本紀州《ノ》霊地、無漏《ノ》郡音無里《ニ》、社壇烈《ネ》レ甍《ヲ》、纓《アケノ》玉垣雖《モ》レ曝《ト》レ錦、聖照等《ガ》崛請之水潔《シ》。和光同塵之影、何此《ゾコ、ニ》不レ浮乎。庶《コイネガハクハ》幾三所権現、若一王子、一万《ノ》

1 ルビ「シウ」は底本のまま。
2 底本もここで改行する。

眷属、十万金剛童子、四所明神、五体王子、満山ノ護法天等、禅師、聖、児、子守、勧請十五所飛行夜叉、八大金剛童子、新宮、飛鳥、神倉等部類眷属、廻二急難之中ニ一能施無畏之方便ヲ一、為ニ二入道大相国ノ一、令メ給ヘトレ発サ二免除慈悲之心ヲ一也。若シ聖照等ガ今度ノ所願、不二円満成就セ一者、敢テ以二神明ノ威光ヲ一、誰カ奉レ仰レ之ヲ。一度参詣之徳スラ、尚以離二悪趣ヲ一。何ニ況ヤ於二卅三度ノ参詣ニ一乎。返々モ現世安穏ノ利益、後生善処ノ発願、成就円満々々々々、再拝々々。

謹みて請ふ、再拝々々。維《これ》当れる年次《としなみ》は、治承二年歳次《さいじ》戊戌、月の幷びは十月二月《とつきふたつき》、日の数は三百五十余ヶ日、八月廿八日己未、吉日良辰《きちにちりやうしん》を撰び定めて、掛けまくも忝《かたじけな》く坐《ましま》す、日本第一の大霊験《だいりやうげん》、熊野三所権現、幷《なら》びに王子眷属等の宇津の広前に、信心の大施主、羽林藤原の成経、幷びに沙弥聖照《しやうせう》等、各《おのおの》定恵《ぢやうゑ》の掌《たなごころ》を合はせ、信心の礼黙《らいもく》を捧げて、渇仰《かつがう》の頭《かうべ》を傾け、観念清謹《せいきん》の沙金《しやきん》を献《たてまつ》る。其の懇志《こんし》の至《いたり》、発願《ほつぐわん》の趣《おもむき》、故何《ゆゑいかん》となれば、夫《それ》、神明は本地を顕《あらは》し奉る時、威光弥《いよいよ》増進す。感応の光厳重《げんちよう》なり。之《これ》に依りて、今忝《かたじけな》く三所権現の本地本誓《ほんちほんぜい》を讃嘆し奉らんと欲するのみ。竊《ひそか》に惟《おもん》みれば、本宮証誠殿は、昔珊《むかしさん》提嵐国《だいらんこく》の主《あるじ》、無上念王と申しし時、菩提心を発《おこ》し給ひしより以後《このかた》、五劫思惟の大願已《すで》に成《じやう》就《じゆ》し坐《まし》まして、今安養浄土《あんやうじやうど》の教主、来迎引摂《らいかういんぜう》の妙体《めうたい》なり。所以《ゆゑ》に、摂取不捨の光明は、能《よ》く一念称名の行者を照らし、済度群萌《ぐんまう》[1]の船筏《ふないかだ》は、必ず九品蓮台《くほんれんだい》の宝池《ほうち》に寄す。剰《あまつさ》へ広大慈悲の水、雨の如く灑《そそ》き、風の如く戦《そよ》がす。将又垂跡応化《はたまたすいしやくおうげ》の榊葉に、和光利物《りもつ》の影を宿したまへり。風香《つたへきく》、証誠殿と名《なづ》け奉ることは、本地清涼の風冷《すず》しくして、三尊来迎の雲聳《たなび》き、極重最《さい》下《げ》の水渇《かわ》きぬれば、九品正覚の花新《あらた》なり。不取正覚の秋の夕《ゆふべ》には、十劫成道の菓《このみ》[2]を結び、諸仏証誠の暁月《けうげつ》[3]は、一切迷凡の疑ひを謝す。此則《これすなは》ち釈尊の金言なり。権現、此《こ》の勝利を示さむが為に、忝《かたじけな》く御名を証誠大権現と号《かう》すとのみ。名詮自性《みやうせんじしやう》なり。何《いづ》れの衆生か権現の本誓《ほんぜい》を疑ひ奉らんや。願《ねがはく》は権現の本誓、重ねて虚しからざらんを願ひ、聖照等が臨終寿焉の時、必ず応《まさ》に引摂《いんぜう》の蓮《はちす》を開《さ》[4]かせたまふべしとのみ。

次に新宮は、是《これ》本地東方の教主、浄瑠璃浄土の主なり。十二大願成就の如来、衆病悉除《しゆびやうしつちよ》の願、世に越えたまへり。憑《たの》もしきかな、伊王善逝、人間八苦の中には、病苦尤《もつと》も勝《まさ》[5]りた

1 底本「群崩」とするが、「群萌」の誤写とみて改めた。
2 菓コノミ（類聚名義抄）
3 ケゥゲッ Qeôguet（日葡辞書）
4 開サク（伊呂波字類抄）
5 勝マサル（類聚名義抄）

り。何《いづ》れの衆生か病患《びやうげん》を受けざる、誰《た》が家にか渇仰《かつがう》の頭《かうべ》を傾けざらんや。悲しきかな、聖照等が当時の心中の体《てい》、更に身上の病患にも過ぎたり。願はくは和光同塵の光、速やかに左遷流罪の闇を照らし坐《まし》まして、将《まさ》に古郷恋慕[1]の胸の病を助けたまふべし。

次に那智飛瀧権現は、千手千眼の霊地、弥陀の左脇の補属《ふぞく》、大悲闡提《だいひせんだい》の尊容なり。仰《あふ》ぎ願《ねが》はくは、聖照等、拙《つたな》くも衆生有苦の島に放たれ、憑《たの》み奉る所は三称我名《がみやう》の権現なり。早く不往救者《ふわうくしや》の船に棹《さを》さして、将《まさ》に不取正覚の都に引導《いんだう》したまふべし。抑《そもそも》三五夜中の新月の色は、能《よ》く二千里の外を照らすと雖も、未だ深泥濁河《じんでいじよくが》の水には宿らず。設《たと》ひ草葉の露、野守の鏡たりと雖も、清く澄める時は、必ず明月《めいげつ》影を宿さずと云ふこと無し。之《これ》に依りて、今 忝《かたじけな》く権現の本誓を推察し奉るに、熊野三所の光は、純《もはら》日本紀州の霊地、無漏《むろ》の郡《こほり》音無里《おとなしのさと》に、社壇甍《いらか》を烈《つら》ね、纓《あけ》の玉垣錦《にしき》を曝《さら》すと雖も、聖照等が崛請《くつしやう》の水 潔《いさぎよ》し。和光同塵の影、何ぞ此《ここ》に浮かばざらんや。庶 幾《こひねがはくは》、三所権現、若一王子《にやくいちわうじ》、一万の眷属、十万の金剛童子、四所明神、五体王子、満山の護法天等、禅師、聖《ひじり》、児《ちご》、子守、勧請十五所飛行夜叉、八大金剛童子、新宮、飛鳥、神倉等部類眷属、急難の中に能施無畏の方便を廻《めぐ》らし、入道大相国の為に、免除慈悲の心を発《おこ》さしめ給へとなり。若《も》し聖照等が今度の所願、円満成就せずは、敢《あへ》て神明の威光を以て、誰か之《これ》を仰ぎ奉らん。一度参詣の徳すら、尚以《なほもつ》て悪趣を離る。何《いか》に況《いは》むや卅三度の参詣に於てをや。返す返すも現世安穏の利益《りやく》、後生善処の発願、成就円満々々々々、再拝々々。

トゾ読ミタリケル。

卅一　康頼ガ歌都へ伝ル事

祭[1]文読畢《をは》リニケレバ、イツヨリモ信心肝《きも》ニ銘ジ、五体ニ汗イヨダチテ、権現、金剛童子[2]ノ御影嚮《やうがう》、忽《たちまち》ニアル心地シテ、山風スゴク吹ヲロシ、木々ノ梢モサダカナラズ。木葉カツチリケルニ、ナラノ葉ノ二《ふたつ》、康頼入道ガ膝ニ散リカヽリタリケルガ、虫ノクヒタル姿ニテ、アヤシカリケレバ、入道、是ヲ取テ、打返シ〱ヨク〱ミルニ、文字ノスガタニゾ見ナヒタル。一《ひとつ》ニハ「帰鴈二《ふたつ》」

1　底本「暮」とするが、「慕」の誤写と見て改めた。

卅一

1　底本では、行頭部分における章段番号「卅一」の注記を欠いており、改行もなされていない。

2　底本「ソ」にも読めるが、ここは「ノ」であろう。

ト虫食ヒタリ。「アラフシギノ事ヤ」ト思テ、少将ニミセ奉リケルニ、「ゲニ不思議ノ事哉」トテ居タルニ、今一ヲ取テミルニ、是モ又文字ノ体《すがた》トミ成《なし》テ、「是《これ》御覧候へ」トテ少将ニ奉ルニ、一首ノ歌ニテゾ有ケル。

チハヤフル神ニ祈《いのり》ノシゲヽレバナドカ都へ帰ラザルベキ

康頼入道、「是御覧候へ」トテ、少将ニ奉リタレバ、少将取テ見テ、「アラ不思議ヤ。今ハ権現ノ御利生《りしやう》ニ預《あづかり》テ、都へ帰ラム事ハ一定《いちぢやう》ナリ」トテ、弥《いよいよ》祈念セラレケルニ、康頼入道申《まうし》ケルハ、「入道ガ家ニハ、蜘蛛《くも》ダニモサガリ候ヌレバ、昔ヨリ必ズ悦《よろこび》ヲ仕《つかまつり》候ガ、今朝ノ道ニ、クモノ落カヽリテ候ツル間、権現ノ御利生ニテ、少将殿ノ召帰サレサセ給ハン。次ニ入道モ都ヘ帰リ候ハンズルニヤト思テ候ツルナリ。但《ただし》『帰鴈二《ふたつ》』トヨマレテ候コソアヤシク候へ。イカサマニモ残リ留《とどま》ル人ノ候ハンズルト覚《おぼえ》候」トテ涙ヲ流シケレバ、少将モ「誠ニ」トテ、涙ヲ流《ながし》テゾ下向セラレケル。

康頼ハ、アヤシゲナル草堂ノマネカタヲ造リテ、浦人、島人ノ集リタル時ハ、念仏ヲ勧テ、同音ニ申サセテ、念仏ヲ拍子ニテ乱拍子ヲ舞ケリ。阿弥陀ノ三字ノイミジキ事ヲバ知《しら》ネドモ、此《こ》ノ舞ノ面白サニ、是《これ》ヲハヤストテ、心ナラズ念仏ヲゾ申ケル。彼《か》ノ草堂ハ、島人共ガヨリアヒ所ニテ、今ニ有《あり》トカヤ。以《もつて》二狂《きやう》言綺語之《げんきぎよの》誤《あやまりを》一、唱《となふ》二西方六字之名《さいはうろくじのな》一ヲ。翻《かへり》テ当来世々、讃仏乗之因、転法輪之縁トスルコソ哀《あはれ》ナレ。

思《おもひ》遣《や》レシバシト思フ旅ダニモナヲ旧里《ふるさと》ハ恋シキ物ヲ

薩摩方《さつまがた》ヲキノ小島ニ我有《われあり》ト親ニハツゲヨ八重ノシホ風

此《この》二首ノ歌ノ下ニ、「平判官康頼法師、心アラム人ハ、是ヲ御覧ジテハ、康頼ガ旧里ヘ送給ヘ」トゾ、卒都婆ゴトニ書タリケル。書終テ後ニ、天ニ仰《あふぎ》誓《ちかひ》ケルハ、「願《ねがはく》ハ、上《うへは》梵天帝釈、四大天王、下《したは》閻羅王界《えんらわうがい》、堅牢地神《けんらうちじん》、別シテハ、日本第一大霊験、熊野証誠一所、両所権現、一万十万、金剛童子、日吉山王、厳島大明神、哀《あはれ》ミヲ垂思《たれおぼしめし》食テ、我《わが》書捨ル言ノ葉、必ズ日本ノ地ヘ付《つけ》サセ給ヘ」ト祈念シテ、西風ノ吹度《ふくたび》ニハ、此《この》卒都婆ヲ、八重ノ塩ニゾ投入ケル。其《その》

1　体スガタ（類聚名義抄）

祈念ヤ答ケム、其思《そのおもひ》ヤ波風ト成ケム、漫々タル海上《かいしやう》ナレドモ、同流《おなじながれ》ノ末ナレバ、浪ニ引《ひか》レ風ニサソハレテ、遙《はるか》ノ日数《ひかず》ヲ経テ、卒都婆一本、熊野新宮ノ湊ヘ寄リタリケリ。浦人取テ、熊野別当ノ許《もと》ヘ持テ行タリケレドモ、見トガムル人モナクテ、ヤミニケリ。

又、卒都婆一本、安芸国厳島ノ大明神ノ御前ニゾヨリタリケル。哀ナリケル事ハ、康頼ガユカリナリケル僧ノ、康頼西海ノ波ニ流《ながさ》レヌト聞《きき》ケレバ、余《あまり》ノ無慚《むざん》サニ、ナニトナク都ヲアクガレ出テ、西国ノ方ヘ修行シケル程ニ、便《たより》ノ風モアラバ、彼島《かのしま》ヘモ渡テ、死生《ししやう》ヲモ聞《きか》バヤト思ケレドモ、オボロケニテハ舟モ人モ通事《かよふ》ナシ。自《おのづか》ラ商人ナムドノ渡《わたる》モ、「遙ニ順風ヲ待テコソ渡《わたれ》」ナムド申ケレバ、輙《たやす》ク尋《たづね》渡ルベキ心地モセズ。「サナクハ何《いか》ニモシテ、其音信《そのおとづれ》ヲダニモ聞バヤ。死生モ穴倉《おぼつかな》シ。イカヾハスベキ」ナムド思煩《おもひわづらひ》テ、安芸国マデハ下リケリ。便宜《びんぎ》[1]ナリケレバ、厳島社《いつくしまのやしろ》ヘゾ詣《まうで》ニケル。明神ノ渡《わたら》セマシマス所ハ、昼ハ塩干《ひ》テ島トナリ、夜ハ塩満《みち》テ海トナル。夫《それ》和光同塵之利生サマヾ〱ナリト云《いへ》ドモ、何《いか》ナリケル因縁ニテカ、此《この》明神ハ海畔《かいハン》ノ鱗《いろくづ》[2]ニ縁ヲ結ビ給覧《たまふらん》ト思《おもふ》モ哀《あはれ》ニテ、其《その》日ハ此社《このやしろ》ニ候ケリ。抑《そもそも》此《この》御神ヲバ、平家ノ入道大臣、殊ニ崇敬《そうきやう》[3]シ奉リ給《たまふ》ゾカシ。サレバ平家ノ憤リ深キ人ヲ加様《かやう》ニ思ヘバ、神モイカヾ思食覧《おぼしめすらん》ト、神慮モ怖シクテ、又サモ取敢《とりあ》ヘヌ程ナレバ、終日《ひめもす》[4]ニ法施《ほつせ》ヲゾ奉リケル。「島ヘ渡《わたら》ム事コソカタカラメ、康頼ガユクヘ聞セ給ヘ」ナムド祈申《いのりまうし》ケル程ニ、日モ晩方《くれがた》ニナリニケレバ、月出《いで》テ塩ノ満《みち》ケルニ、ソコハカトモナキモクヅ共ノ、流レヨリケル中ニ、小《ちひさ》キソトバノ様《やう》ナル物ノ見《みえ》ケレバ、「アヤシヤ。ナニヤラム」トテ取テ見レバ、彼《か》ノ二首ノ歌ヲゾ書タリケル。是《これ》ヲ見テ、哀《あはれ》ノ事ヤト思テ、悦《よろこび》ノ法施ヲ奉リ、ヲイノ肩ニ指《さし》[5]テ、都ヘ持登《もて》テ、康頼ガ母ノ、一条ヨリ上、紫野ト云《いふ》所ニ有ケルニ、トラセタリケレバ、妻子集《あつまり》テ、各《おのおの》アチトリコチトリ是《これ》ヲ見テ、悲《かなしみ》ノ涙ヲ流ケル程ニ、新宮ノ湊ニヨリタリケル卒都婆モ、熊野ヨリ出ケル山臥《やまぶし》ニ付テ、同日《おなじき》、都ヘ伝《つたへ》タリケルコソ不思議ナレ。縦《たとひ》一丈二丈ノ木ナリトモ、油黄島ニテ漫々タル海ニ入レタラ

1 ビンギ Bingui（日葡辞書）
2 鱗イロクヅ（類聚名義抄）
3 ソゥキャゥ Sǒqiǒ（日葡辞書）
4 終日ヒメモス（伊呂波字類抄）
5 「差」の当字

ムガ、新羅《しんら》、高麗《かうらい》、百済《はくさい》、鶏旦《けいたん》[1]ヘモユラレユカデ、安芸国、又新宮マデヨルベシヤハ。マシテ渚ニ打寄《よせ》ラレタルモヅクノ中ニ交《まじは》リタル、コケラト云《いふ》物ヲ拾《ひろひ》[2]集テ、千本マデ造タリケルソトバナレバ、イカニ大《おほき》ナリトモ、一尺二尺ニハヨモスギジ。文字ハエリ入《いれ》、キザミ付タリケレバ、波ニモアラハレズ、アザ[3]〳〵トシテ、油黄島ヨリ都マデ伝《つたは》リケルコソ不思議ナレ。余《あまり》ニ思《おもふ》事ハ、カク程ナク叶《かなひ》ケルモ哀《あはれ》也。康頼三年《みとせ》ノ命キヘヤラデ、都へ文ヲ伝タリトテ、此《この》二首ノ歌ヲ都ニ披露シケレバ、彼《かの》卒都婆ヲ召出《めしいだし》テ叡覧アリ。「誠ニ康頼法師ガ文ナリケリ。少《すこし》モマガフベクモナシ。露命《つゆのいのち》消ヤラデ、未彼島《いまだかの》ニ有ケル事ノ無慙《むざん》サヨ」トテ、法皇、龍顔《りようがん》ヨリ御涙ヲ流サセ給ケルゾカタジケナキ。昔、大江定基ガ出家之後《しゆつけののち》、彼《か》ノ大唐国ニシテ、仏生国ノ阿育大王ノ造《つくり》給ヘル八万四千基ノ石ノ塔ノ内、日本江州ノ石塔寺ニ一基留《とどま》ル事ヲ、彼振旦《かのしんだん》[4]国ニシテ書《かき》顕《あらはし》タリケル事ノ、幡磨国増位寺トカヤヘ流《ながれ》ヨリタリケルタメシニモ、此有《このあり》ガタサハ劣ラザリケル物ヲヤト哀《あはれ》也。

1 「契丹」の当字
2 底本「捨」。「拾」の誤写と見て改める。
3 「ザ」に声点⑧
4 「震旦」の当字

卅二　漢王ノ使ニ蘇武ヲ胡国へ被遣事

昔[1]、唐国《からくに》ニ漢武帝《かんのぶてい》ト申《まうす》帝マシ〳〵ケリ。王城守護ノ為ニ、数万ノ旃陀羅《せんだら》ヲ被レ召タリケルニ、其期《そのご》スギケルニ、胡国《ここく》ノ狄《えびす》[2]申ケルハ、「我等《われら》胡国ノ狄ト申ナガラ、嵆田《ケイでん》[3]ノ畒《ウネ》ニ生ヲ稟《ウケ》[4]テ、朝夕聞ユル物トテハ、旅鴈哀猿之《りよがんあいゑんの》夜ノ声、憂《うき》ナガラ、スゴキ庵《いほり》ノ軒バニナル[5]、物トテハ、黄蘆苦行之《くわうろくぎやうの》風ノ音。適《たまたま》賢王ノ聖主ニ合奉《あひ》テ、帰国ノ思出《おもひで》[6]ナニカセム。願《ねがはく》ハ、君三千ノ后ヲ持給ヘリ。一人ヲ給《たまはり》テ胡城ニ帰ラム」ト申ケレバ、武帝、是《これ》ヲ聞給テ、「イカヾスベキ」ト歎《なげき》給フ。所詮《しよせん》三千ノ后ノ其形《そのすがた》[7]ヲ絵ニ書テ、顔ヨキヲ留《とどめ》テ、アシキヲタバムト定《さだま》リヌ。王照君ト申ハ、朝夕寵愛甚《はなはだし》ク、容顔美麗ノ人ナリキ。鏡ノ影ヲ憑《たのみ》テ黄金ヲ不レ送《おくらざる》故ニ、アラヌ形ニ被レ移《うつされ》[8]テ、九重ノ都ヲ立離レ、万里ノ越地《こしぢ》ニ趣キシ、別《わかれ》ノ未ダ悲《かなし》キ玄城、長クトザセリ。シバ〳〵胡門ノ暮ノ堤《ツヽミ》[9]ニ驚ク。胡国イヅクムカ[10]有ル。早ク両京ノ暁ノ夢ヲ破ル。羅雲忽《たちまち》ニ絶テ、旅ノ思《おもひ》ツナ

1　この章段では、章段番号を「三十二」と表記しているが、頭注欄等は「卅二」とした。
2　狄ヱヒス、カタキ（伊呂波字類抄）
長門本「ゑひす」
3　「嵆」に声点①
4　稟ウク（類聚名義抄）
5　底本「ニナ」に虫損あり。
6　底本は虫損。「ノ」と見て補う。
7　形スカタ（伊呂波字類抄）
8　「写」の当字。
9　「鼓」の当字であろう。
10　「イズクニカ」→「イズクンカ」の転であろう。

ガレズ。漢月漸《やうや》ク傾テ、愁眉モ開カザリケレバ、習ハヌ旅ノ奥マデモ、絞リカネタル袖ノ上ニ、尽セヌ涙計《ばかり》コソ、袂ヲシタヒケルカナ。遠山ノ緑ノ黛《まゆずみ》モ、胡国ノ雪ニ埋《うづも》レ、蘭ジヤノ昔ノ匂《にほひ》モ、左斉《サイ》ノ風ニ跡ヲ消ス。帝京ヲ離テ、滴居《タク》[1]シテ、徒《いたづら》ニ胡城ニ臥セル夜ハ、昔ノ事ヲ夢ニ見ル。夢ニナケル涙ハ、欄[2]干トシテ色深シ。楓葉荻花《ふうえふてきくわ》ノ風ノ音、索々《さくさく》トシテ身ニシミ、遠波曲江《ゑんはきよくかう》ノ月ノ影、茫々《ばうばう》トシテ心澄ム。五陵ノ時ヨリ翫《もてあそ》ビ、手ナレシ琵琶ニタヅサヒテ、泣《なく》ヨリ外ノ事ナシ。家留《とどまり》[3]テハ空《むなし》ク漢ノ荒門《くわうもん》トナリ、身ハ化《くわ》シテ、徒《いたづら》ニ胡ノ朽骨《きうこつ》トナラム事ヲ、朝夕歎《なげき》給キ。

見ル度ニ鏡ノカゲノツラキカナカ、ラザリセバカ、ラマシヤハ

武帝、此《この》事ヲヤスカラズ思給テ、李陵《リレウ》[4]ト云《いふ》兵《つはもの》ヲ大将軍トシテ、胡国ヲ責《せめ》ニツカハス。其《その》勢僅《わづか》ニシテ、千騎ニスギザリケリ。李陵、胡国ニ行テ、微力ヲ励《はげまし》テ責戦《せめたたかふ》ト云《いへ》ドモ、魚驪鶴翼之陣《ぎよれいかくよくのぢん》[5]、官軍不レ得レ利《りする》コトヲ。皇旗電戦之威《くわうきでんせんのいきほ》[6]ヒ、逆類似《にたり》[7]レ乗レ勝《かつ》ニ。而ル間《あひ》ダ、官軍滅《ほろび》テ、終ニ狄《えびす》ノ為ニ李陵被レ取《とられ》テ、胡国ノ王

単宇《センう》[8]ニ仕ハル。武帝、是《これ》ヲ聞給テ、「年来《としごろ》ハカクハ思ハザリシカバコソ、大将軍ニ撰遣《えらびつかは》シツルニ、サテハ二心《ふたごころ》アリケル物ヲ。ヤスカラズ」トテ、李陵ガ母ヲ責殺シ、父ガ墓ヲ堀[9]テ、其《その》死骸ヲ打ツ。是ノミナラズ、親類兄弟、皆武帝ノ為ニ罪セラル。李陵、是ヲ伝《つたへ》聞テ、悲《かなしみ》ヲノベテ云《いはく》、「我思《おもひ》キ。胡国追討ノ使ニ被レ撰之時《えらばれしとき》ハ、彼《かの》国ヲ亡《ほろぼ》シテ君ノ為ニ忠ヲ致サムトコソ思シカ。サレドモ軍《いくさ》敗テ、胡王ガ為ニトラハレテ、仕《つか》ワルト云《いへ》ドモ、朝夕隙《ひま》[10]ヲ伺テ、胡王ヲ滅《ほろぼし》テ、日来《ひごろ》ノ怨《あた》[11]ヲ報ゼムトコソ思シニ、今カヽル身ニナリヌル上ハ」トテ、胡王ヲ憑《たのみ》テ年月ヲ送ル。武帝、是ヲ聞給テ、李陵ヲ呼給ヘドモ不レ来《きたらず》。

サテモ漢王、軍《いくさ》ニ負給ヌル事ヲ不レ安思《やすからずおぼしめし》食テ、漢ノ天漢元年ニ、又《また》李将軍ト云《いふ》者ト、蘇子荊ト云兵《いふつはもの》トヲ差遣《さしつかは》ス。蘇子荊ト申《まうす》ハ、今ノ蘇武是也《これなり》。蘇武ガ十六歳ニ成ケルヲ、右大臣ニ成シテ、二人ヲ大将軍トシテ、又胡国ヲ責ニ遣シケルニ、蘇武ヲ近ク召寄セテ、軍ノ旗ヲ賜《たまふ》トテ、武帝、宣ケルハ、「此ノ旗ヲバ、汝ガ命《いのちと》共ニ持ベシ。汝《なんぢ》、若《もし》戦場ニシテ死セバ、相構テ此ノ旗ヲバ我許《わがもと》

1 「謫居」が正しい。
2 底本「欄丁」を改める。
3 底本のルビ「トン」を改める。尚、この一文は、和漢朗詠集巻下「王昭君」に類句が見える。
4 底本のまま。正しくは「リリョウ」。
5 「鱗」とあるべきところ。
6 威イキヲヒ（伊呂波字類抄）
7 底本「類」に「キ」のルビあり。上の「逆」に付されるべきか。
8 「単」「宇」ともに声点⑦
9 「掘」の当字
10 隙ヒマ（類聚名義抄）
11 怨アタ（類聚名義抄）

ヘ返スベシ」ト宣命《せんみやう》ヲ含《ふくめ》ラレケリ。サテ蘇武、胡国ヘ行テ狄ヲ責ケレドモ、胡城ニ戦フ師《イクサ》[1]、狄ノ勢強《こはく》シテ、官軍又被レ落《おとされ》ヌ。大将軍ヲ始トシテ、宗《むね》トノ者卅余人被二生取《いけどられ》一ヌ。蘇武、其内《そのうち》ナリケレバ、皆片足ヲゾ折ラレケル。即《やがて》[2]死スル者モアリ。又二三日、四五日ニ死スル者モアリ。或ハ甲斐ナキ命生テ、年月ヲ送ル者モアリ。古京ノ妻子ノ恋《こひし》キ事、日夜旦暮《にちやたんぼ》ニワスレズ。瓢簞屢《へうたんしばし》バ空《むな》シ、草滋《しげシ》二顔淵之巷《がんえんがちまた》一ニ。藜藿深《れいでうふかく》鎖《とざせり》、雨湿《うるほし》二原憲之枢《げんけんがとぼそ》一ヲケムモ、是ニハ過ジトゾ覚《おぼえ》シ。彼ハ僅《わづか》ニハニフノ小屋モアリケレバコソ、雨モ枢ヲ湿シ、草モ巷ニ滋《しげ》カリケメ。此《これ》ハ草葉ヲ引結ブアヤシノ柴ノヤドリモナケレバ、只野沢《のざわ》[3]、田中《たなか》ニハイ行《ありき》[4]テ、春ハクワイヲ堀[5]リ、秋ハ落穂《おちぼ》ヲ拾[6]テゾ、アケクレハスグシケル。禽《きん》[7]獣鳥類《じうてうるい》ノミ朋《とも》トナレリケレバ、常ニハ羊ノ乳ヲ飲テ、明《あか》シ晩《くら》シケリ。秋ノタノムノ鴈モ、他国ニ飛行《とびゆけ》ドモ、春ハ越地ニ帰ル習アリ。是ハイツヲ期《ご》スルトシナケレバ、只泣《なく》ヨリ外《ほか》ノ事ナシ。

帰ル鴈《かり》隔ル雲ノ余波《なごり》マデ同ジ跡ヲゾ思《おもひ》ツラネシ

サテモ生死無常《しやうじむじやう》ノ悲サハ、刹利《せつり》ヲモキラハヌ山風ニ、日ノ色薄クナリハテ、、思ハヌ外ノ浮雲ニ、武帝隠レ給ヌ。龍楼《りようろう》[8]、竹苑《ちくゑん》、後宮、卿相、侍臣、雲客《うんかく》、誰モ思《おもひ》ハ深草ノ、露ヨリ滋キ涙ニテ、同《おなじ》煙ノ内ニモト、モユル思《おもひ》ハ切《せつ》ナレド、照帝位《くらゐ》ヲ受給テ、蘇武ヲ尋《たづね》ニ遣ス。「早失《はやうせ》ニキ」ト偽リ答ケル間、「未ダ有《あり》ト計《ばかり》ダニ、古里人《ふるさとびと》ニ聞《きか》レバヤ」トハ思ヘドモ、嵆田《けいでん》ノ畝《うね》ニ住ム身ナレバ、甲斐ナク是《これ》ニモ合ザリケリ。牡羊《をひつじ》ニ乳ヲ期《ご》シテ、歳化《さいくわ》空ク重《かさなり》テ、僅ニイケルニ似《にた》レドモ、漢ノ節ヲ失ハズ。

言ノ下ニハ暗ニ生《ヲコ》シ二滑《ケ》スレ骨ヲ火ヲ一　咲ノ中ニハ偸ニ鋭《ト》グ二刺《サ》スレ人ヲ刀ヲ一

言《ことば》の下には暗《やみ》に骨を滑《け》す火を生《おこ》し　咲《ゑ》[9]みの中には偸《ひそか》に人を刺《さ》す刀を鋭《と》ぐ

イカニモシテ、胡王単于《センう》ヲ滅シテ、古京へ帰ラムト思ヘドモ、力及バズ過シケリ。朝暮《あけくれ》ニ見馴シ鴈ノ、春ノ空ヲ迎テ、都ノ方へ飛行《とびゆき》ケルニ、蘇武、右ノ指

1 師イクサ（類聚名義抄）
2 底本「死ヌル」とも読みうる。長門本「あるひは一日二日にしぬるもあり、あるひは五日六日にしするもあり」
3 長門本「野さはの田中に」
4 行アリク（類聚名義抄）。長門本「はいありきて」
5 「掘」の当字
6 底本「捨」。誤写とみて改める。
7 底本「貪獣」。誤写とみて改める。
8 龍楼リョウロウ（元和本下学集）
9 咲ヱム（類聚名義抄）

ヲクヒ切テ、其《その》血ヲ以テ柏葉《かしはのは》ニ一詞ヲ書テ、鴈ノ足ニ結付《ゆひつけ》テ云ケルハ、「一樹ノ影ニ宿リ、一河ノ流ヲ渡《わたる》、皆是《みなこれ》先世ノ契リナリ。何況《いかにいはん》ヤ、己《おのれ》ハ肩ヲ並テ年久シ。争《いかで》カ此ノ愁《うれひ》ヲ訪《とぶら》ハザラム」トテ、鴈ニ是ヲコトヅケヌ。

折節、御門《みかど》上林園ニ御幸シテ、霞メル四方ヲ打詠《うちながめ》、千草ノ花ヲ見給《たまふ》ニ、鴈一行《ひとつら》飛来《とびきたり》テ、遙《はるか》ノ雲ノ上ニハツネノ聞ユルカト覚《おぼゆ》ルニ、一《ひとつ》ノ鴈無レ程《ほどなく》飛下《くだ》ル。アヤシト叡覧《えいらん》ヲ経ルニ、結付タル書《ふみ》[1]ヲクヒホドキテ落シタリケルヲ、官人是《これ》ヲ取テ、照帝ニ献《たてまつ》ル。帝自《みづか》ラ叡覧ヲ経《へ》給《たまふ》ニ、其詞《そのことばにいはく》云、

昔ハ籠レテ二巌穴ノ洞一ニ、徒ニ送リ二三春之愁歎一ヲ、今ハ放レテ二嵇田ノ畝一ニ、空ク聞ク二胡狄《テキ》之一足一ヲ。設ヒ身ハ留テ而朽トモ二胡地一ニ、魂ハ還テ而再ビ仕ム二漢君一ニ。

昔は巌穴《がんけつ》の洞《ほら》に籠められて、徒《いたづら》に三春の愁歎を送り、今は嵇田《けいでん》の畝に放たれて、空しく胡狄《こてき》の一足を聞く。設《たと》ひ身は留まりて胡地に朽つるとも、魂は還りて再び漢君に仕へむ。

トゾ書タリケル。[2]

是[3]ヲ御覧ジケルニ、帝、無レ限《かぎりなく》哀《あはれ》ト思食《おぼしめし》テ、歎《なげき》ノ御涙ヲサヘガタシ。「蘇武、未《いまだ》生テ有ケル物ヲ」トテ、永律ト云《いふ》賢キ兵《つはもの》ヲ大将軍トシテ、百万騎ノ勇士ヲ率《ひきゐ》テ、胡国ヲ責《せめ》給ニ、今度ハ胡国敗《やぶ》ラレテ、単于《ぜんう》モ既ニ失《うせ》ニケリ。永律、照君ヲ取返シ、蘇子荊ヲ尋《たづね》得タリ。蘇武ハ片足ハ折レタレドモ、十九年ノ星霜《せいざう》[4]ヲ経テ、古郷《ふるさと》ヘ帰リ上《のぼり》シニ、李陵余波《なごり》ヲ惜《をしみ》テ云《いは》ク、「我身《わがみ》、年来《としごろ》君ノ御為ニ二心《ふたごころ》ナシ。就レ中《なかんづくに》、胡国追討ノ大将軍ニ撰《えらば》レ奉シ事、面目ノ一也。然《しかれ》ドモ宿運ノシカラシムル事ニヤ、御方ノ軍《いくさ》敗《やぶれ》テ、胡国ノ王ニトラハレヌ。サレドモ如何《いか》ニモシテ胡王ヲ滅シテ、漢帝ノ御為ニ忠ヲ致サムトコソ思《おもひ》シニ、今母ヲ罪セラレ奉リ、父ガ死骸ヲ堀《ほり》[5]ヲコシテ打《うち》セタメ給ケム、亡魂イカヾ思ケム。悲《かなし》トモ愚《おろか》也。又、親類兄弟ニ至《いたる》マデ、一人モ残ラズ皆罪セラル、事、歎《なげき》ノ中ノ歎也。故郷ヲ隔テ、只異類ヲノミ見ル事ノ悲キ」トテ、李陵、蘇武ガ許《もと》

1 書フミ（類聚名義抄）
2 底本は改行せず、蘇武の詞に続ける。
3 底本もここで改行する。
4 セイザゥ Xeizǒ（日葡辞書）
5 「掘」の当字

ヘ五言ノ詩ヲ送レリ。其詞《そのことばにいはく》云、

携レヘテ手ヲ上ル二河梁ニ一　遊子暮何クンカ之《ユク》

二鳧倶ニ《フ》北飛　一鳧独南ニ翔《カケル》

余《ワレヲ》自《ノヅカラ》留ル二斯《コノ》館ニ一　子今帰ル二故郷ニ一

手を携へて河梁に上る　遊子暮《ゆふべ》何《いづ》くにか之《ゆ》く

二鳧倶《とも》に北へ飛び　一鳧独り南に翔《か》ける

余《われ》自《おのづか》ら斯《この》館に留まる　子《し》今故郷に帰る

是《こ》レ五言ノ詩ノ始《はじめ》也。此心《この》ヲヨメルニヤ。

同ジ江ニムレヰル鳧《かも》[1]ノ哀《あはれ》ニモ返ル波路ヲ飛《とび》ヲクレヌル

蘇武、十九年之間、胡国北海之辺《ほとり》ニ栖《すみ》シカバ、万里遼海《リヤウかい》ノ波ノ音ヲ聞テハ、

遺愛寺ノ暁ノ鐘ニナゾラヘ、四五朶山《しごださん》ノ冬ノ梢ヲ見テハ、香爐峯ノ雪カト誤タ

ル。飛花落葉ノ転反《てんぺん》[2]ヲ見テハ、春秋ノ遷《うつ》リ替ル事ヲ知《しる》ト云《いへ》ドモ、博士《はかせ》[3]陰陽《おんやう》ノ仁ニモ近付ザレバ、日月ノ行途《かうト》ヲ不レ知《しらず》。故郷ニ帰リ、旧宅ニ行タレバ、蘇武去《さり》シ年ヨリ帰京ノ今ノ年マデ、旧妻愁《うれひ》ノ余《あまり》ニヤ、毎年一ノ衾ヲ調《ととのへ》[4]テ、棹ニ並テ懸《かけ》ヲケリ。細《こまか》ニ是ヲ算《かぞふ》レバ、十九ニテゾ有ケル。是ヨリシテゾ、蘇武去テ十九年トハ知ニケル。忩《いそ》ギ御門《みかど》ニ参リテ、李陵ガ詩ヲ奉ル。帝、是ヲ御覧ジテ、哀《あはれ》トオボシケレド甲斐モナシ。先帝ノ御時給《たま》ハリシ旗ヲ懐《ふところ》ヨリ取出シテ、御方ノ軍《いくさ》敗レテ、胡王単于《ぜんう》ニトラワレテ、嵇田《けいでん》ノ畝《うね》ニ放《はなた》レテ、年月悲《かなしか》リツル事、又李陵ガ愁歎セシ事、カキクドキ、細《こまか》ニ語《かたり》申セバ、御門悲涙セキアヘ給ハズ。蘇武生年《しやうねん》十六歳ニシテ胡国ヘ越[5]キ、卅四ニシテ旧都ヘ帰リタリシニ、白髪ノ老翁ニテゾ有ケル。後ニハ典属国《テンシヨク》ト云《いふ》官ヲ給ハテ、君ニ仕ヘ奉リ、遂ニ神爵《しんシヤク》元年ニ、年八十余マデ有テ死ニケリ。サレバニヤ、是《これ》ヨリシテ文ヲバ鴈書トモ云《いひ》、鴈札トモ名付《なづけ》タリ。使ヲバ鴈使トモイヘルトカヤ。又、鴈ノ足ニ結付《ゆひつけ》タリケルガ、玉ノ様ニ円《まろ》カリケレバ、玉ヅサトモ申《まうす》也。

1 皀カモ（類聚名義抄）
2 「転変」の当字。
3 底本「転士」。誤写と見て改める。
4 調トトノフ（類聚名義抄）
5 文意からは「オモムキ」と訓むべきところ。長門本「をもむき」。しかし「越」を「オモムク」と訓む事例は見えない。「越」は「趣」の誤写であろう。

ヘダテコシ昔ノ秋ニアハマシヤコシヂノ鴈ノシルベナラズハ

ト源ノ光行ガ詠ゼシモ、理《ことわり》トゾ覚《おぼゆ》ル。

蘇武[1]ハ入テ胡国ニ、繋《か》ケテ[2]賓鴈《ひんがん》ニ於書《ふみ》ヲ、而再《ふたた》ビ翫《もてあそ》ビ林苑《りんゑん》之《の》花ヲ、康頼ハ栖《すみ》テ小島ニ、流テ蒼波ニ於歌ヲ、而遂《つひ》ニ見ル故郷《こきやう》之《の》月ヲ。彼ハ漢明ノ胡国、是ハ我国ノ油黄。彼ハ唐国ノ風儀ニテ、思《おもひ》ヲ述《のぶ》ル詩ヲアヤツリ、是ハ本朝ノ源流ニテ、心ヲ養フ歌ヲ詠ズ。彼ハ鴈《かり》ノ翅《つばさ》ノ一筆ノ跡、是ハ卒都婆ノ銘ノ二首ノ歌。彼ハ雲路ヲ通ヒ、是ハ浪ノ上ヲ伝フ。彼ハ十九年ノ春秋ヲ送リ迎ヘ、是ハ三个年ノ夢路ノ眠リ覚《さめ》タリ。李陵ハ胡国ニ留《とど》リ、俊寛ハ小島ニ朽《くち》ヌ。上古末代《しやうこまつだい》ハカハリ、境《さか》ヒ遼《はるかにとほく》[3]遠ハ隔《へだた》レドモ、思《おもふ》心ハ一《ひとつ》ニシテ、哀《あはれ》ハ同ジ哀也。

1　以下、訓読文を示す。「蘇武は胡国に入りて、賓雁に書を繋けて、再び林苑の花を翫び、康頼は小島に栖みて、蒼波に歌を流して、遂に故郷の月を見る。」

2　繋カク（類聚名義抄）

3　遼ハルカニ（類聚名義抄）

卌三　基康ガ清水寺ニ寵事　付康頼ガ夢ノ事

康頼ガ嫡子、平左衛門尉基康ハ、摂津小馬林《つのこまのはやし》マデ、父ガ共シテ見送リタリケルガ、康頼出家シテケレバ、基康泣々《なくなく》小馬林ヨリ都ヘ還上《かへりのぼり》テ、ヤガテ精《しやう》進潔済《じんけつさい》[1]シテ、百ケ日清水寺へ参詣ス。法花経ノ廿八品ノ其《その》中ニ、信解品《しんげぼん》ヲ毎日ニ読《よみ》奉テ、百日ガ間、隔夜《キヤクヤ》[2]スル折モアリ、夙夜《しくや》[3]スル時モアリ。「願《ねがはく》ハ大慈大悲ノ千手千眼《せんじゆせんげん》、枯タル木草モ、花サキ菓《このみ》ナルベシト御誓《ちかひ》アムナリ。サレバ此《この》身ヲ替《かへ》ズシテ、二度《ふたたび》父ニ合ワセサセ給へ」ト、三千三百三十三度ノ礼拝ヲマヒラセケリ。既ニ八十余日モ積リケルニ、油黄島ニ被レ流《ながされ》タル判官入道ノ或夜《あるよ》ノ夢ニ、海上《かいしやう》ヲ遥《はるか》ニ詠《なが》メヤレバ、白キ帆懸タル船ノ奥《おき》ノ方ヨリ漕来《こぎきた》ルトミル程ニ、次第ニ近ク漕寄《こぎよす》ルヲミレバ、我《わが》子ノ左衛門尉基康、其《その》船ニ乗タリケリ。其《その》白帆ニ文字アリ。「妙法蓮花経信解品」トゾ書タリケル。猶《なほ》次第ニ近クヨルヲ、ヨク〱ミレバ、船ニハアラズシテ、白馬ニゾ基康ハ乗タリケルト見テ、打驚《うちおどろき》、「ナニト有ル妄想《まうざう》[4]ヤラム」ト怪クテ、汗ヲシノゴヒテ、人ニモ語ラザリケリ。康頼、都帰《みやこがへり》ノ後ニコソ、子息基康ニ初テ語リケル。観音ノ御変化《へんげ》ハ白馬ニ現ゼサセ給《たまふ》トカヤ。偏《ひとへ》ニ是《これ》基康ガ祈念感応《かんおう》シテ、観音ノ御利生《りしやう》ニテ都へハ帰リ上リニケリ。又小島ニ崇メ奉リシ権現ノ御本地モ、観音ノ本師、弥陀如来《みだによらい》也。

1 「潔斎」の当字
2 ルビ「キヤクヤ」は底本のまま。「かくや」が正しい。
3 底本「風」とも読めるが「夙」であろう。長門本、盛衰記「夙夜」。夙夜シクヤ（前田本色葉字類抄）
4 マゥザゥ Mǒzǒ（日葡辞書）

師弟哀《あはれ》ヲ施シテ、今《いま》都ヘ上リヌト、父子共ニ感涙ヲゾ流シケル。

卅四　成親卿被失給事

大納言入道ハ、少将モ油黄島ヘ被レ流《ながされ》、其《そ》ノ弟共ノ少《をさな》ク御《お》ワスルモ安堵セズ、コヽ彼《かし》コニ逃隠《にげかくれ》給《たまふ》ナムド聞給テ、イトヾ心憂ク悲クテ、日ニ随テハ思《おもひしづみ》沈テ、身モ既ニヨハリテミヘ給ケル上、忩《いそ》ギ可レ奉レ失之由《うしなひたてまつるべきよし》承リニケレバ、或時《あるとき》経遠ガ許《もと》ニ、大納言入道ノ[1]呵嘖《かいしやく》ニ付《つけ》タリケル智明ト申《まうし》ケル僧、大納言ニ申ケルハ、「是ハ海中ノ島ニテ候之間《さうらふあひだ》、何事ニ付テモスミウク候ニ、此《これ》ヨリ北ニ、経遠ガ所領近ク候所ニ、吉備中山、細谷川ナムド申テ、名アル所候。彼《かの》所ニ有木別所《ありきのべつしよ》ト云《いふ》、イタヒケシタル山寺ノ候コソ、山水《さんすい》、木立《こだち》、優ナル所ニテ候ヘ。其《それ》ヘ渡ラセ給候ヘカシ。渡シ進《まゐら》セ候ハン」ト申ケレバ、大納言入道、「ゲニモ」トオボシテ、「トモカクモ計《はからひ》ニコソ随ハメ」ト宣ケレバ、彼《かの》山寺ニ難波太郎俊定ガ作置《つくりおき》タリケル僧房ノ有ケルヲ借テ、渡シスヘ奉テケリ。初《はじめ》ハトカク労《いたは》リ奉ル由ニテ、同七月十九日ニ、坊ノ後《うしろ》ニ穴ヲ深ク堀[2]ラセテ、穴ノ底ニヒシヲ植テ、上ニ仮橋ヲ渡テ、其《その》上ニ土ヲハネカケテ、年来《としごろ》フミ付タル道ノ様ニコシラヘテ置タリケルヲ、大納言入道知《しり》給ハデ、通リサマニ其《その》上ヲ歩《あゆみ》給《たまふ》トテ、落入《おちいり》給タリケルヲ、用意シタリケル事ナレバ、ヤガテ土ヲ上ニハネカケテ、埋《うづみ》奉リニケリ。隠シケレドモ、世ニ披露シケリ。

1 長門本「かいしやく」。底本「呵嘖」は、「介錯」の意であろう。
2 「掘」の当字

北方《きたのかた》、此《この》由ヲ聞給ケム心ノ内コソ悲シケレ。「『[1]黄泉何《くわうせんいか》ナル所ゾ、一《ひと》タビ往《ゆき》テ不レ還ラ。其台何《そのうてないづれ》ノ方ゾ、再ビ会《あふ》ニ無レ期《ご》。懸レ書《ふみ》ヲ欲《ほつす》レバ訪《とぶらはむ》ト、則存没路隔《すなはちそんボツみちをへだて》テ兮、飛鴈不レ通ゼ。擣《うち》テレ衣ヲ欲《ほつす》レバレ寄《よせむ》ト、生死界異《しやうじかい》ニシテ兮、意馬徒《いばいたづらに》疲レヌ』ト云ヘリ。替ラヌ体《すがた》ヲ今一度ミユルコトモヤトテコソ、憂キ身ナガラ髪モ付テ有ツレドモ、今ハ云《いふ》ニ甲斐ナシ」トテ、自《みづか》ラ御グシヲ切給テケリ。雲林院ト申《まうし》テ、寺ノ有ケルニ、忍テ参給テゾ、戒ヲモ持《たもち》[2]給ケル。又其《その》寺ニテゾ、如レ形《かた》ノ追善

卅五　成親卿ノ北方君達等出家事

1 以下、訓読文を示す。「黄泉何なる所ぞ、一たび往きて還らず。其の台何れの方ぞ、再び会ふに期無し。書を懸けて訪はむと欲すれば、則ち存没路を隔て丶、飛鴈通ぜず。衣を擣ちて寄せむと欲すれば、生死界異にして、意馬徒に疲れぬ。」
2 持タモツ（類聚名義抄）。長門本「たもち給ひけり」。

ナムドモ営《いとなみ》テ、彼《か》ノ菩提ヲ訪《とぶらひ》奉リ給ケル。若君、閼伽《あか》ノ水ヲ結ビ給ケル日ハ、姫君ハ樒《しきみ》ヲツミ、姫君水ヲ取給《とりたまふ》日ハ、若君花ヲタヲリナムドシテ、父ノ後世ヲ訪給《とぶらひたまふ》モ哀《あはれ》也。時移リ、事定《さだまり》テ、楽《たのしみ》尽キ、悲来《かなしみきた》ル。只《ただ》天人ノ五衰トゾミヘシ。サレドモ大納言ノ妹、内大臣ノ北方《きたのかた》ヨリ、折ニ触レテサマ〲ノ贈《ヲクリモノ》[1]アリケリ。是《これ》ヲ見ル人、涙ヲ流サヌハナシ。ナキ跡マデモ、内大臣ノ御志ノ深サコソヤサシケレ。成親卿ハ、若《わかき》ヨリ次第ノ昇進カヽワラズ、家ニ未《いま》ダナカリシ大納言ニ至リ、栄花先祖ニコヘ給ヘリ。目出《めでた》カリシ人ノ、イカナル宿業ニテ、カヽルウキ目ヲ見給テ、再ビ故郷ヘモ帰リ給ハズ、終《つひ》ニ配所ニテ失《うせ》給ニケム。其《その》最後ノ有様モ、都ニハサマ〲ニ聞《きこえ》ケリ。歎ノ日数《ひかず》積《つもり》テ、ヤセ衰《おとろへ》テ、思死《おもひじに》ニ死《しに》給タリトモ聞ユ。又酒ニ毒ヲ入テ、スヽメ奉リタリトモ沙汰シ、又ヲキニ漕《こぎ》出テ、海ヘ入《いれ》奉リタリトモ申ケリ。トカク云《いひ》サヽヤキケル程ニ、不思議ナリケル事ハ、経遠ガ最愛ノ娘二人アリ。七月下旬ノ比《ころ》ヨリ、一度ニ病付テ、ハテニハ物ニ狂テ、竹ノ中ヘ走入テ、竹ノ切《きり》クヒニタウレ懸リテ、

1　底本「贈《ヲクリモノ》リ」。ルビ「ヲクリモノ」は本行とは別筆と思われる。「リ」は衍字と見て削除した。長門本「をくりものありけり」とする。

卅六　讃岐院之御事

ツラヌカレテ、二人ナガラ一度ニ死ニケリ。忽《たちまち》ニ報《むくひ》ニケルコソオソロシケレ。

廿九日、讃岐院《さぬきのゐん》御追号アリ。崇徳院《しゆとくゐん》ト申ス。此《この》院ト申《まうす》ハ、去《さん》ヌル保元々年ニ、悪左府頼長公ノ勧《すすめ》ニ依テ、世ヲ乱リマシ〳〵シ御事也。其《その》合戦ノ庭ヲ逃出《にげいだ》サセ御《おは》シマシテ、仁和寺ノ寛遍法務ノ御坊ヘ御幸ナリタリケルガ、讃岐国ヘ被《うつ》レ移《され》マシマス由ヲ聞テ、其比《そのころ》西行ト聞ヘシ者、カクゾ思《おもひ》ツヾケシ。

コトノハノ情《なさけ》絶ヌル折節ニ有合《ありあふ》身コソ悲シカリケレ

シキ島ヤ絶ヌル道ニナク〳〵モ君トノミコソ跡ヲシノバメ

新院、讃岐ヘ御下向アリ。当国々司参行朝臣[1]ノ沙汰トシテ、鳥羽ノ草津ヨリ御船ニ召シ、四方打《うち》ツケタル御屋形ノ内ニ、月卿雲客ノ御身近《ちか》ク随《したがひ》奉ル一人モナシ。只女房二三人ゾ、泣悲《なきかなしみ》ナガラ仕ヘ奉リケル。御屋形ハ開《ひらく》事モナケレ

1　「季行」の誤写であろう。「讃岐国司季行朝臣」（半井本保元物語巻下「新院讃州ニ御遷幸ノ事」）

バ、月日ノ光モヘダヽリヌ。道スガラ、浦々島々由《よし》アル所々ヲモ御覧ゼズ、空《むなし》ク過《すぎ》サセマシマセバ、御心ノナグサム方モナシ。取磨《すま》[1]ノ浦ト聞食《きこしめし》テハ、行平中納言、モシヲタレツヽ歎《なげき》ケム心ノ中《うち》ヲ思食《おぼしめし》ヤラレ、淡路島ト聞召《きこしめし》テハ、昔、大炊《おほひ》ノ廃帝《はいたい》ノ彼《か》ノ島ニ被レ遷《うつされ》ツヽ、思《おもひ》ニタヘズ失《うせ》給ケムモ、今ハ我身ノ御上ト思食《おぼしめ》ス。日数ノ経ルマヽニハ、都ノ遠ザカリ行《ゆく》モ心細ク、況《いはんや》一宮《いちのみや》ノ御事思食出《おぼしめしいづ》ルニ付《つけ》テハ、イトヾ消入《きえいる》御心地ナリ。「ナニシニ今マデナガラヘテ、カヽル思《おもひ》ニ咽《むせぶ》ラム。只水ノ沫《あわ》トモキエ、底ノミクヅトモタグヒナバヤ」トゾ思食ス。昔、河辺《かはべ》ノ逍遙《せうえう》ノアリシニハ、龍頭鷁首《リウトウゲキシユウ》[2]ノ御船ヲ浮《うかべ》テ、錦ノ纜《ツナ》ヲ解キ、王公卿相、前後ニ囲遶《ゐねう》シテ、詩歌管絃ノ興ヲ催シキ。今ハ海尾船《あまをぶね》[3]ノ苫屋形《トマやかた》ノ下ニウヅモレツヽ、南海ノ外ヘ趣《おもむ》カセマシマス。生死苦海《しやうじくかい》ノ有様コソ、返《かへす》々モ哀《あはれ》ナレ。遠ク異朝ヲ撿《かむがふ》[4]レバ、正邑王賀《せいいうわうが》ハ故国ヘ帰リ、玄宗皇帝ハ蜀《シヨク》山ニ遷サレキ。近ク吾《わが》朝ヲ尋レバ、安孝《あんかう》天皇ハ継子《けいし》ニ殺《ころさ》レ、崇峻《すしゆん》天皇ハ逆臣ニ犯《をかさ》レ給キ。十善ノ君、万乗ノ主《あるジ》、先世ノ宿業ハ力及バヌ事ゾカシト思食ナゾラヘケルコソ、責テノ事トハ覚《おぼえ》シカ。

サレドモ、ツナガヌ月日ナレバ、泣々《なくなく》讃岐ヘツキ給ヌ。当国志度郡《しどのこほり》直島ニ御所ヲ立《たて》テ、スヘ奉ル。彼島《かの》ハ、国ノ地ニハアラズシテ、海ノ面《おもて》ヲ渡《わたる》事二時計《ふたときばかり》ヲ隔《へだて》タリ。田畠《でんばく》モナシ、住民モナシ。実ニ浅猿《あさまし》キ御スマヒトゾ見《みえ》シ。長キ一宇《いちう》ノ屋ヲ立テ、方《はう》一丁ノ築垣《ついがき》アリ。南ニ門ヲ一ツ立テ、外ヨリ鎖《じやう》ヲ指《さし》タリケリ。国司ヲ始《はじめ》トシテ、アヤシノ民ニ至《いたる》マデ、恐《おそれ》ヲ成シテ、言問《こととひ》参ル人モナシ。浦路ヲ渡ルサヨ千鳥、松ヲ払フ風ノ音、礒辺《いそべ》ニヨスル波ノ音、叢《くさむら》ニスダク虫ノ音《ね》、何《いづれ》モ哀《あはれ》ヲ催シ、涙ヲ流サズト云《いふ》事ナシ。

[5]紫蓋《シャ》峯ノ嵐踈　雲収二七百里之外一　曝布《タキシキテ》二泉浪一ヲ冷ク　月澄二四十尺之余一ニ

[6]幽思不レ窮マラ　深巷《しんコウ》ニ無レ人《ひと》之処　愁腸《チヤウ》欲レ断ヘナムト　閑窓ニ有レ月ノ之時

トカヤ。是《これ》ヨリ又当国ノ在庁、一ノ庁官《ちやうくわん》、[7]野大夫《ヤタイウ》高遠ガ堂ニ移リ給タリケルガ、後ニハ鼓ノ岡ニ御所立《たて》テゾ渡ラセ給ケル。

カクテ年月ヲスゴサセマシマスニ、御身ニハ何事モ先世ノ事ト思食《おぼしめせ》ドモ、

1　「須磨」の当字
2　底本は薄墨による「りうとうけきしゆう」のルビを付す。片仮名に改める。
3　底本「海ー尾ー船」とし、「カヒヒセン」のルビを付す。「海人小舟」の当字。
4　撿カムガフ（類聚名義抄）
5　本朝文粋巻八「山水部」の藤原惟成作の詩（和漢朗詠集巻下「晴」にも所収）を典拠とすると思われるが、底本のルビ、返り点は存疑。朗詠集によって書き下し文を示す。「紫蓋《しかい》の峯の嵐　踈《おろそ》かにして　雲七百里の外に収まる　曝布《ばくほ》の泉波　冷《すさま》じくして　月四十尺《しじふせき》の余《あまり》に澄めり」
6　和漢朗詠集巻下「閑居」所収の閑賦（張読）の句を踏まえていると思われる。書き下し文を示す。「幽思《いうし》窮まらず　深巷《しんかう》に人無き処　愁腸《しうちやう》断《た》えなむとす　閑窓《かんきう》に月の有る時」
7　「野」「大」に声点⑤、「夫」に声点⑦

女房達ハ何ノ顧《かへりみ》ニモ不㆑及《およばず》、都ヲ恋ル心ナノメナラズ。落ル涙ハ紅《くれなゐ》ニ変ジ、相構《あひかまへ》押《おさ》フル袖ハ朽ヌ計《ばかり》也。是ヲ御覧ズルニ付テハ、何事モ御心弱クナリテ、返事ニモオテ可㆑被㆓申宥《まうしなだめらるべき》㆒之由、御人ワロク関白殿ヘ度々仰《たびたびおほせごと》事有ケレドモ、ヨバズ。責《せめて》ノ御事ニ思召《おぼしめさ》レケルハ、「我《われ》[1]受㆓テ天照大神之苗裔㆒ヲ、忝[2]㆓天子之位㆒ヲ、忝ク蒙㆓テ大上天皇之尊号㆒ヲ、卜《シメキ》㆓[3]紛陽之居㆒ヲ。春ハ随㆓ヒ春ノ遊㆒ニ、秋ハ催㆓シ秋ノ興㆒ヲ、翫《ビ》㆓[4]韶陽之花㆒ヲ、詠㆓ジ長秋之月㆒ヲ、久ク誇㆓テ仙洞之楽㆒ニ、又非㆑ズ無㆓ニ思出㆒。如何《いか》ナル罪ノ報《むくひ》ニテ、遥《はるか》ノ島ニ放《はなた》レテ、カヽル悲《かなしみ》ヲ含《ふくむ》ラム。境《さか》ヒ不㆑有《レバ》㆓ラ南北㆒ニ、旅鴈縁書之便《たより》ヲ難㆑得。政《まつり》ゴト不㆑別《コトナラ》㆓[5]陰陽㆒ヲ、烏頭馬角之変《うとうバかくのへん》難《シ》㆑有リ。懐土之《エどの》思《おも》ヒ最《いと》深シ、望郷之鬼《ばうきやうの》トコソナラムズラメ。自《より》㆓天竺[6]振旦㆒、至《いたり》㆓日本吾朝[7]㆒ニ、位ヲ争ヒ、国ヲ論ジテ、叔父甥合戦ヲ致シ、兄弟闘諍《とうじやう》ヲ起セドモ、果報ノ勝劣ニ随テ、叔父モ負《まけ》、兄モマク。雖㆑然《しかり》ト、時移リ、事去《さり》テ、罪ヲ謝シ、讎《あた》ヲ飜《ひるがへ》スハ、王道ノ恵ミ、無偏ノ情《なさけ》也。サレバ奈良ノ先帝、内侍督ノ勧《すすめ》ニ依テ、世ヲ乱リ給シカドモ、出家セラレニシカバ、流罪ニハ及バザリキ。況《いはん》ヤ是ハ可レ被レ責《せめらるべき》之由聞《よしきこえ》シカバ、其《その》難ヲ遁ル、方モヤト防《ふせき》シ計《ばかり》ナリ。サシモ罪深カルベシトモ不レ覚《おぼえず》。是《これ》程ノ有様ニテハ、帰リ上テモナニカセム。今ハ生テモ又何ノ益《やく》カアラム」トテ、御グシモメサズ、御爪ヲモ切ラセ給ハズ。柿ノ頭巾《ときん》、柿ノ御衣ヲ召ツヽ、御指ヨリ血ヲアヤシ、五部ノ大乗経ヲアソバシテ、御室《おむろ》ヘ申サセ給ケルハ、「形《かた》ノ如ク墨付《すみつき》ニ、五部ノ大乗経ヲ、三个年間書《かきたてまつり》奉テ候ヲ、貝鐘《かひかね》ノ声モ聞エヌ国ニ棄置《すておき》8奉ラム事、ウタテク候。此《この》御経計《ばかり》、都近キ八幡、鳥羽ノ辺《あたり》ニモ置テタバセ給ヘ」ト申サセ給ヒケレバ、御室ヨリ関白殿ヘ申サセ給フ。関白殿ヨリ内裏《うち》ヘ申サセ給ケレバ、少納言入道信西、「争《いかで》カサル事ハ候ベキ」ト大《おほき》ニ諫《いさめ》申ケレバ、御経ヲダニモユルシ奉ル事ナカリケリ。依レ之《これによりて》新院深ク思食《おぼしめ》サレケルハ、「我《われ》勅ノ責難《せめのがれがたく》レ遁而、既《すでに》伏《ふくす》二断罪《だんざいのほふに》之法一。於レ今者《いまにおいては》、可レ蒙二恩謝一之由《おんしやをかうぶるべきよし》、強《あながちにのぞみまうすといへども》雖二望申一、無二許容一之上者《きよようなきうへは》、不慮之行業《ふりよのぎやうごふ》ニナシテ、彼《か》ノ讎《あた》ヲ報《むくひ》ム」ト思食テ、御経ヲ御前ニ積置テ、御舌ノサキヲクヒキラセ給テ、其《その》血ヲ以テ、軸ノ本毎《もとごと》ニ御誓状ヲゾアソバシケル。「吾此《われこ》ノ五

1 保元物語に類似表現がある。以下の漢文表現を訓読文によって示す。「我天照大神の苗裔《べうえい》を受けて、天子の位を沓《ふ》む。忝《かたじけな》く大上天皇の尊号を蒙りて、紛陽《ふんやう》の居を卜《し》めき。春は春の遊びに随ひ、秋は秋の興を催し、韶陽《せうやう》の花を翫《もてあそ》び、長秋の月を詠じ、久しく仙洞の楽に誇りて、又思ひ出無きに非ず。」

2 前後の文脈からは「フミ」と訓むべきところであるが、古字書には「沓」を「フム」と訓む事例は見えない。あるいは「沓」は「踏」の略体か。保元物語諸本では「フム」とする。

3 半井本保元物語は「粉楡」

4 保元物語諸本は「金谷」とする。

5 別コトナリ（類聚名義抄）。文脈からは「別《わ》かたず」と訓むべきか。

6 「震旦」の当字

7 底本「日本○朝」として、「吾」を傍書。補入。

8 底本「奇」。「棄」の異体字「弃」として用いていると見て改めた。

部ノ大乗経ヲ、三悪道ニ投籠《なげこめ》テ、此《この》大善根ノ力ヲ以テ、日本国ヲ滅ス大魔縁トナラム。天衆地類《てんじゆぢるい》必ズ合《ちからをあはせ》レ力給ヘ」ト誓ハセ給テ、海底ニ入レサセ給ニケリ。怖シクコソ聞ヘシカ。

カクテ九年ヲ経テ、御歳四十六ト申《まうし》シ長寛二年八月廿六日、志度ノ道場《だうぢやう》ト申《まうす》山寺ニシテ、終《つひ》ニ崩御ナリニケリ。ヤガテ白峯ト申《まうす》所ニテ焼上《やきあげ》奉ル。其《そ》ノ煙ハ都ヘヤナビキケム。「御骨ヲバ高野山ヘ送レ」トノ御遺言有《あり》ケレドモ、イカヾ有ケム、ソモ不《しら》レ知《ず》。御墓所《むしよ》ヲバヤガテ白峯ニゾ構ヘ奉リケル。此《この》君、当国ニテ崩御ナリニシカバ、讃岐院《さぬきのゐん》ト号シ奉リケリ。新院《しんゐんの》御子重仁親王ハ、御出家アリテ後ハ、花山院《くわさんのゐんの》法印元性ト申キ。新院崩御《しんゐんほうぎよの》事、都ヘ聞《きこえ》テ、御服《ぶく》奉ラムトシケル時、入道法親王ヨリ、「イツヨリ被《めされ》レ召候ゾ」ト問《とひ》申サセ給タリケレバ、宮、御涙ヲオサヘツヽ、カクゾ御返事ニハアリケル。

憂《うき》ナガラ其《その》松山ノ信物《かたみ》ニハ今夜《こよひ》ゾ藤ノ衣ヲバキル

一宮《いちのみや》トテ籠《イツ》[1]キカシヅキ奉シニ、思ハヌ外《ほか》ノ御有様ニナラセ給ニシコソ悲《かなし》ケレ。

1　底本「寵」の「龍」の部分の右肩に声点らしき印あり。
2　底本ここが第111丁ウの末尾。左下欄外に「六」、第112丁オ右下の欄外に

「七」の注記がある。

我《わが》御身ナガラモ、サコソ心憂ク思食《おぼしめさ》レケメト哀《あはれ》也。[2]

卅七　西行讃岐院墓所ニ詣ル事

仁安三年ノ冬比《ふゆのころ》、西行法師、後ニハ大法房円位《ゑんゐ》上人ト申ケルガ、諸国修行シケルガ、此君《このきみ》崩御ノ事ヲ聞テ、四国ヘ渡リ、サヌキノ松山ト云《いふ》所ニテ、「是《これ》ハ新院ノ渡ラセ給シ所ゾカシ」ト思《おもひ》出《いだし》奉リテ、参リタリケレドモ、其《その》御跡モミヘズ。松葉《まつのは》ニ雪フリツヽ、道ヲ埋《うづめ》テ、人通《かよひ》タルアトモナシ。直島ヨリ支度《しど》ト云《いふ》所ニ遷ラセ給テ、三年久《ひさしく》ナリニケレバ、理《ことわ》リナリ。

吉《よし》サラバ道ヲバ埋メ積ル雪サナクハ人ノ通フベキカハ

松山ノ波ニ流レテコシ船ノヤガテ空《むなし》クナリニケル哉

ト打詠《うちえい》ジテ、白峯ノ御墓ヘ尋《たづね》参リタリケルニ、アヤシノ国人《くにうど》ノ墓ナムドノ様ニテ、草深クシゲレリ。是ヲ見奉ルニ、涙モ更ニ押ヘガタシ。昔ハ一天四海ノ君トシテ、南殿ニ政《まつりごと》ヲ納《をさめ》給シニ、八元八愷《はちげんはちガイ》ノ賢臣、左ニ候《コウ》ジ、右ニ随《したがひ》奉リキ。王公卿相《けいしやう》、雲ノ如ク、霞ノ如クシテ、万邦ノ随ヒ奉《たてまつ》ル事、草ノ風ニ靡《なびく》ガ如クナリキ。サレバ二六金殿ノ間ニハ、朝夕玉楼ヲ瑩《みが》キ、長生仙洞之《の》中ニハ、綾羅錦繍《りようらきんしう》ニノミマツハサレテコソ、明《あか》シ晩《くら》シ給シニ、今ハ八重ノムグラノ下ニ臥《ふし》給ケム事、悲《かなし》トモ愚《おろか》也。一旦ノ災《わざはひ》忽《たちまち》ニ起《おこり》ツヽ、九重ノ花洛ヲ出テ、千里ノ外ニ移サレテ、終《をはり》ヲ遠境《えんゲウ》[1]ニ告《つげ》給ヘリ。先世ノ御宿業ト云《いひ》ナガラ、哀《あはれ》ナリシ事ゾカシ。御墓堂トオボシクテ、方間《はうけん》ノ構《かま》ヘ有《あれ》ドモ、修理修造《しゆりしゆざう》モナケレバ、ユガミ傾テ、樢葛《タウカツ》ハイカヽリ、況《いはん》ヤ法花三昧勤《つとむ》ル禅侶モナケレバ、貝鐘ノ音モセズ。事問《こととひ》参ル人モナケレバ、道フミツケタル方モナシ。昔ハ[2]十善万乗《じふぜんばんじよう》之主《のあるじ》、耀《かかやか》シ二錦帳於九重之月《きんちやうをきうちようのつき》一ニ、今ハ懐土望郷之魂《エどバウきやうのたましひ》ヒ、混《まじ》ズ二玉体於白峯之苔《ぎよくたいをしろみねのこけ》一ニ。朝露ニ尋レ跡ヲ、秋ノ草泣テ添レ涙ヲ。向レ嵐ニ問ヘバ君ヲ、老檜《らうかい》悲テ傷《いたまし》ムレ心ヲ。[3]仙儀モ不レ見ヘ、只見ル二朝ノ雲夕ノ月一ヲノミ。法音《ほふおん》モ不レ聞ヘ、又聞ク二松ノ響《ひびき》鳥ノ語《さへづり》[4]一ヲノミ。軒傾テ暁ノ風猶《な》ヲ危ク、甍《いらか》[5]破レテ暮ノ雨《あ》メ難レ防キ。宮モ藁屋モハテシナケレバ、カクテモ有ヌベキ世中《よのなか》カナト、ツク〴〵昔今ノ御有様、トカク思ツヾクルニ、不覚

1　ルビ、底本のまま。

2　鎌倉本保元物語に類似表現がある。

以下、訓読文を示す。「昔は十善万乗の主、錦帳を九重の月に耀かし、今は懐土望郷の魂、玉体を白峯の苔に混ず。朝露に跡を尋ね、秋の草泣きて涙を添ふ。嵐に向かひて君を問へば、老檜悲しみて心を傷ましむ。仙儀も見えず、只朝の雲、夕の月をのみ見る。法音も聞こえず、又松の響き、鳥の語をのみ聞く。軒傾きて暁の風猶危く、甍破れて暮の雨防き難し。」

ノ涙ゾ押ヘガタキ。カクゾ思ツヾケヽル。

ヨシヤキミ昔ノ玉ノ床トテモカヽラム後ハナニヽカハセム

サテ松ノ枝ニテ庵《いほり》結《むすび》テ、七日不断念仏申《まうし》テ罷《まかり》出ケルガ、庵ノ前ナル松ニカクゾ書付ケル。

ヒサニヘテ我《わが》後ノ世ヲ問ヘヨ松跡忍ブベキ人シナケレバ

卅八　宇治ノ悪左府贈官等ノ事

八月三日、宇治ノ左大臣、又贈官贈位ノ事アリ。勅使少納言惟基[1]、彼《か》ノ御墓所ヘ詣テ、宣命ヲ捧《ささげ》テ、大政大臣正一位ヲ贈ラルヽ由、読上《よみあげ》ラル。御墓ハ大和国添上郡河上村、般若野ノ五三昧也。昔、保元合戦《ほうげんのかっせん》之《の》時、流矢《ながれや》ニ当《あたり》テ失《うせ》給ヌト風聞《ふうぶん》シケレドモ、正《まさし》ク実否《じつぷ》ヲ聞食《きこしめさ》ザリケレバ、滝口師光、資行、能盛三人ヲ遣《つかはし》テ実検セラル。其《その》墓ヲ堀[2]ヲコシタレバ、七月ノサシモ熱キ折節ニ、十余日ニハナリヌ、何トテカハ其形トモ見ヘ給《たまふ》ベキ。余リニカハユキ様ナリケ

3　鎌倉本保元物語は「仏儀」とする。尚、以下の句は、本朝文粋巻十三「為左大臣供養浄妙寺願文」（江匡衡）にも見える。
4　語サヘツル（類聚名義抄）
5　底本「甍ラ」。捨仮名に従って「カハラ」と訓むべきか。ただし、古字書には事例が見えないため、ここでは「イラカ」とした。

1　底本「惟」を改める。
2　「掘」の当字

レバ、各《おのおの》ノ面《おもて》ヲソバメテノキニケリ。昔、宮中ヲ出入シ給シニハ、紅顔粧《こうがんのよそほひ》濃[1]クシクシテ[2]、春ノ花恥《はぢ》レ色ヲ、異香カヲリナツカシクシテ、妓盧《ぎろ》ノ煙《けぶ》リ薫《かをり》ヲ譲リ、妙ナル勢《いきほ》ヒナリシカバ、御目ニマミヘ、御詞《ことば》ニ懸ラムトコソ思シニ、只今ノ御有様コソ口惜《くちをし》ケレ。色相《あ》ヒ変異シテ、膖脹爛壊《ボウチヤウランエ》シ給ヘリ。支節分散シテ、膿血溢《あぶれ》流レタリ。悪香充満シテ、不浄《ふじやう》出現セリ。余リカハユク、目モアテラレザリケレバ、重テ見《みる》ニ及バズ、此《この》人々ハ帰《かへり》ニケリ。御不審ノ残《のこる》所ハ猿事《さること》ナレドモ、墳墓《フンボ》[3]ヲ堀[4]ウガチ、死骸ヲ被二実検一之事《じつけんせらるること》ハ、少納言入道ガ計《はからひ》ニ諸事随《したが》ハセ給《たまふ》ト云《いひ》ナガラ、情ナクコソ聞ヘシカ。此《こ》ノ報《むくひ》ニヤ、信西、平治ノ最後ノ有様、少《すこし》モタガハザリキ。怖シカリシ事共也。昔、堀[4]ヲコシテ被レ棄[5]テ給ニシ後ハ、死骸路《みち》ノ頭《ほとり》[6]ノ土トナリテ、年々ニ春ノ草ノミシゲレリ。今《い》マ朝《ちやう》ノ使尋行《たづねゆき》テ、勅命ヲ伝テム、亡魂イカヾヲボシケム、穴倉《おぼつか》ナシ。思《おもひ》ノ外《ほか》ナル事共アリテ、世間モ静《しづか》ナラズ。「非《あらず》二是直事《これただこと》ニ一。偏《ひとへ》ニ怨霊ノ至ス所ナリ」ト人々被レ申《まうされ》ケレバ、加様《かやう》ニ被レ行《おこなはれ》ケリ。冷泉院ノ御物狂ハシクマシマシ、花山ノ法

1　底本「濃」の右に「ノウ」、左に「コマヤカ」のルビを付す。濃コマヤカナリ（類聚名義抄）
2　「クシクシテ」は底本のまま。誤写による衍字があるか。
3　「墓」の右下に濁点あり。
4　「掘」の当字
5　底本「奇」。「棄」の異体字「弃」として用いていると見て改めた。
6　頭ホトリ（類聚名義抄）

皇ノ御位ヲサラセ給ヒ、三条院ノ御目ノクラクオハシマシ、モ、元方民部卿ノ怨霊ノ祟リトコソ承レ。

卅九　三条院ノ御事

抑《そもそも》三条院ノ御目モ御覧ゼラレザリケルコソ心ウカリケレ。只人《ただひと》ノ見マヒラセケルニハ、御眼《まなこ》ナムドモイトキヨラカニ、聊《いささか》モ替ラセ給タル事渡ラセ給ハザリケレバ、虚事《そらごと》ノ様ニゾ見ヘサセ給ケル。伊勢ノ斎[1]宮ノ立《たた》セ給フニ、別レノクシ投《なげ》サセ給テハ、互ニ御ラムジカヘル事ハ、イム事ニテアムナルニ、此《この》院ハ指向《さしむか》ハセ給タリケルヲ見マヒラセテコソ、渡ラセ給ヒケレ。此《これ》ヲ人ミマヒラセテコソ、「サレバコソ」ト申ケル。昔モ今モ怨霊ハ怖シキ事ナレバ、光仁天皇ノ第二ノ御子、早良《さはら》[2]ノ廃《ハイ》太子ハ崇道《しゅだう》天皇ト号シ、聖武天皇妾姤《せふこう》、井上ノ親王ハ、皇后ノ職位ニ補シ給フ。是皆《これみな》怨霊ヲ被レ宥《なだめられ》シ謀《はかりこと》ナリ。

1　底本「斉」を改める。
2　底本「甲良」。誤写と見て改める。

四十　彗星東方ニ出ル事

同十二月廿四日、彗《ケイ》星東方ニ出ヅ。「又イカナル事ノ有ムズルヤラム」ト人怖《おぢ》アヘリ。彗星ハ五行ノ気、五星之変《ごせいのへん》、内有㆓大兵㆒《うちにたいへいあり》、外有㆓大乱㆒《そとにたいらんあり》ト云ヘリ。

平家物語第一末[1]

1　本丁（116丁）ウラ左下に花押あり。
2　巻末に記されている書き込み

署《ショ》[2]日《アツシ》
夏ノ日ノ異名ナリ

延慶本巻二　年表

平野さつき

凡　例

・本年表は、延慶本巻二における歴史事項をまとめたものである。
・「和暦」「月日」「事項」については、延慶本本文の記述に従って配列した。諸記録との齟齬が確認できる場合であっても修正は加えていない。
・具体的な年月日が記載されていない事項は、前後の文脈を勘案して記載位置を決定した。
・「章段」には、その事項が記載されている延慶本巻二の章段番号を明記した。
・「備考」には、諸記録から確認できる事項と依拠資料とを明記した。ただし延慶本の記述が諸記録と一致する場合には、依拠資料のみを記載した。＊は年表作成者が加えた注記である。

西暦	和暦	月	日	事項	章段	備考
（BC七七〇）				周の幽王、烽火を上げるが、諸国の官軍従わず、戎に亡ぼされる。	十九	『史記』「周本紀」
（BC六一）	（神爵元）			蘇武八十余歳で死去。	卅二	『漢書』『蘇武伝』 ＊「神爵」は前漢の年号
（七五五）	（玄宗皇帝の時）			安禄山、叛乱を企て、一行阿闍梨を無実の罪に陥れる。	六	『唐書』 ＊『三国遺事』三に類似説話あり。
				早良廃太子、崇道天皇と贈号される。	卅九	延暦19（八〇〇）・7（『日本紀略』）

				井上内親王、皇后の職位に補せらる。	卅九	延暦19（八〇〇）・7・13（『日本紀略』）
				菅原道真、藤原時平の讒言によって配流。	十三	延喜元（九〇一）・2（『日本紀略』）
				平貞盛、平将門を討った勧賞に受領となる。	十八	天慶3（九四〇）（『扶桑略記』『将門記』）
				西宮左大臣（源高明）、多田満仲の讒言により配流。	十三	安和2（九六九）・3・26（『日本紀略』）
				源頼義、安倍貞任・宗任を追討し、受領となる。	十八	康平6（一〇六三）・2・25（『陸奥話記』）
				源義家、清原武衡・家衡を追討するも、勧賞にあずからず。	十八	寛治元（一〇八七）（『後二条師通記』）
	忠盛、備前国々務ノ時			忠盛、得長寿院造進の功により、内の昇殿を許される。	十八	天承2（一一三二）・3・13、忠成に内昇殿を許さる（『中右記』） ＊『中右記』「忠成」は「忠盛」の略体か
一一三五～四一	保延ノ比			清盛、四位兵衛佐となる。	十一	大治4（一一二九）・1・24、兵衛佐。保延元（一一三五）・8・21、従四位下。（『公卿補任』）
一一五六	保元元（保元ノ乱逆ノ時）			保元の乱		保元元（一一五六）・7（『兵範記』）
				崇徳院、頼長の勧めで乱をおこす。	卅六	『愚管抄』、『兵範記』（保元元・7・5条）
				清盛、故院（鳥羽）の遺戒により、天皇方につく。	十八	『愚管抄』、『兵範記』（保元元・7・10条）

一一五六	保元元（保元ノ乱逆ノ時）			信西、死罪を復活させる。	十三	保元元・7・29（『百錬抄』）
				義朝、勅命により父為義の首を斬る。	十八	保元元・7・29（『百錬抄』）
				崇徳院、讃岐国へ配流。	十八 卅六	『愚管抄』、保元元・7・23（『兵範記』）
				崇徳院、配流先で五部大乗経を身血で書写。	卅六	『吉記』（寿永2・7・16条） ＊「カクテ九年ヲ経テ……崩御」により逆算。「九年」は足かけ9年の意であろう。
一一五九	平治元（平治ノ乱逆之時）			平治の乱	十八	
				信西、地下から掘り出されて斬首される。	十三	平治元・12・17（『百錬抄』）、12・15（『尊卑分脈』）
				成親（越後中将）朝敵として捕えられていたのを、重盛が助命。	十一 十二 十五	平治元・12・27解官。永暦2（一一六一）・4・1還任。（『公卿補任』『尊卑分脈』）
				清盛、経宗・惟方を捕える。	十八	永暦元（一一六〇）・2・20（『百錬抄』『愚管抄』『一代要記』）
一一六四	長寛2	8	26	崇徳院、志度道場において崩御。享年46歳。	卅六	（『百錬抄』『一代要記』『本朝皇胤紹運録』）
				成経八歳で後白河院に見参。	十六	＊鹿谷の陰謀発覚時に「歳廿一」とあることから逆算。

一一六五～六六	永万之比			法皇、鳥羽殿へ御幸、終日御遊あり。	廿一	
一一六八	仁安3	冬		西行、白峯の崇徳院陵に参拝。	卅七	(『山家集』『沙石集』)
一一六九	嘉応元	冬		平野庄住人と成親の尾張目代政朝が対立抗争。	廿一	嘉応元・12・23(『玉葉』、『公卿補任』の成親記事)
		12	24	平野庄の住人が山門に訴えたため、大衆は日吉の神輿を捧げて強訴。成親の備中国への流罪と政朝の禁獄が宣下。	廿一	(『玉葉』『公卿補任』)
		12	28	成親召還。大衆呪詛。	廿一	(『公卿補任』)
		12	29	成親、本位に復して中納言となる。	廿一	嘉応元・12・30(『公卿補任』『百錬抄』)
一一七〇	嘉応2	1	5	成親、右衛門督兼検非違使別当となる。	廿一	(『公卿補任』)
一一七一	承安元	11	28	成親、左衛門督、検非違使別当、権大納言となる。	廿一	左衛門督(『公卿補任』)、検非違使別当(→前項目参照)。承安5(一一七五)・11・28、権大納言(『公卿補任』)
一一七二	承安2	7	21	成親、三条殿造進の賞により従二位となる。	廿一	「上皇遷御三条殿賞」(『公卿補任』)
一一七三	承安3	4	13	成親、正二位となる。	廿一	「八幡賀茂行幸行事賞」(『公卿補任』)
一一七七	(安元3) 治承元	5	5	天台座主明雲、公請停止。辞任。	一	安元3・5・4「明雲を検非違使庁に下す」(『百錬抄』『玉葉』) 同5・5「明雲、所職を解く」(『百錬抄』)

一一七七	（安元3）治承元					『玉葉』）
		5	11	七宮、天台座主に就任。	二	（『百錬抄』『玉葉』）
		5	12	明雲、検非違使によって水火の責めを受ける。大衆、奏状を捧げて抗議。	三	5・13「明雲譴責。山の大衆等、座主奪回との噂」（『百錬抄』） 5・15（『玉葉』）
		5	20	明雲の罪科についての陣定。後白河院の憤り深く、流罪と定む。	三	（『百錬抄』『玉葉』）
		5	21	明雲を藤井松枝という名で還俗させ、伊豆国配流の宣旨が下る。	四	
		5	23	明雲、白川坊を出発。	五	
		5	24	明雲、粟津の国分寺に到着。比叡山大衆、明雲を奪還して山へ連れ戻す。	五	5・23（『百錬抄』『玉葉』）
				後白河院、再三院宣を下して山攻めの武力を募り、山の僧兵に降伏を求める。	六	5・29「京中の武具を帯する人々を逮捕。叡山の荘園を注進させ、三ケ国の武士を注進させる」（『玉葉』）
		5	29	多田蔵人行綱、後白河院近臣による平家打倒の陰謀を、清盛に密告する。	七	＊密告の事実は『玉葉』6・1条に見える。
		6	1	清盛、院の御所に使者を遣し、実否を確認。	九 十六	
				成親・西光、捕えられる。	十二	捕縛→『百錬抄』『玉葉』

				日		
一一七七（安元3）治承元			・西光、拷問を加えられて白状。 ・成親を拷問。	十二	白状→『玉葉』6・10条	
			重盛、清盛邸を訪問。成親と対面。	十二		
			重盛の説得により、清盛、成親の処刑を延期。	十三	6・2（『玉葉』）	
			成親の北の方、北山の方に隠れる。	十四		
			成経、教盛（門脇宰相）とともに西八条邸へ。	十六		
			教盛、成経を預かるべく清盛を説得。	十七		
			重盛、父清盛を教訓して院の監禁を制止。	十八		
			重盛、軍勢を召集。	十九		
			西光、朱雀大路にて処刑される。	廿	（『百錬抄』）	
	6	2	成親、配流。この夜、大物浦に到着。	廿一	「成親卿を備前国へ送る」（『百錬抄』『尊卑分脈』）	
	6	3	京よりの使者、成親を備前へ船で送るべき由を告げる。重盛からの私信もあり。	廿一		
	6	4	成親、備前に向けて出航。	廿一		
	6		成親、備前国に到着。	廿一	*「日数経ルマ、ニ」による。	
	6		蓮浄を常陸国へ配流。資行を佐渡国へ配流。基兼・康頼・俊寛・成経等を監禁。	廿二	6・3「俊寛・基康・信房・資行・康頼解官」（『百錬抄』『玉葉』） *ただし、『玉葉』は俊寛のみ解官を「6・5」とする。	

一一七七	（安元3）治承元	6	5	尾張国井土田に配流されていた師高、鹿野にて潜伏中に発見され、自害。	廿三	6・9（『百錬抄』）
		6	20	清盛、成経を福原へ召す。	廿四	
		6	22	成経、福原に到着。備中国妹尾に配流と決定。	廿四	
		6		式部大夫章綱、明石へ配流。まもなく帰洛を許される。	廿六	「先日捕召、即放免、又召取禁固」（『玉葉』6・6条）
		6	23	成親出家。	廿七	
				成経・俊寛・康頼、薩摩国鬼海島に配流。配流の途次、康頼は摂津狗林にて出家。	廿七	
		7	19	成親、有木別所にて殺害される。	卅四	7・9（『百錬抄』6・2条） ＊『尊卑分脈』は「8月」とする。
				成親北の方、出家。	卅五	
		7下旬		成親殺害を実行した難波経遠の娘二人が変死。	卅五	
		7	29	讃岐院に追号、崇徳院と号す。	卅六	（『百錬抄』『玉葉』）
		8	3	宇治左大臣頼長に贈官贈位。	卅八	7・29（『百錬抄』『玉葉』『尊卑分脈』）
		8		康頼、油黄島にて熊野を祝奉し、熊野詣を開始。（以後、治承2・9まで継続）	廿九	
		12	24	彗星、東方に出現。	四十	（『百錬抄』治承2・1・7条）
一一七八	治承2	8	28	康頼、熊野本宮において祭文を奉納。	卅	
				康頼の流した卒塔婆、熊野と安芸の宮島に漂着。	卅	＊「遙ノ日ヲ経テ」による。

高山利弘（たかやま・としひろ）
1959年生。
名古屋大学大学院文学研究科博士後期課程中退。
群馬大学社会情報学部助教授。
［著書］『訓読　四部合戦状本平家物語』（1995年　有精堂）
［論文］「祇園女御説話の方法――読み本系諸本における――」（『平家物語　研究と批評』1996年）
「四部合戦状本『平家物語』の成立と略述性」（軍記文学研究叢書『平家物語の生成』1997年）
ほか。

校訂延慶本平家物語（二）
平成十三年十月三十一日発行
編者　高山利弘
発行者　石坂叡志
整版　株式会社中台整版
印刷　モリモト印刷株式会社
発行　汲古書院
〒102-0072　東京都千代田区飯田橋二―五―四
電話　〇三（三二六五）九七六四
FAX　〇三（三二二二）一八四五
第三回配本　©二〇〇一
ISBN4-7629-3502-6　C3393